妻が余命宣告されたとき、僕は保護犬を飼うことにした

小林孝延 著

はじめに

この原稿を引き受けてから、じつは相当長く悩み続けている。正確にいえば書き初めてはみるものの、あっという間に筆が止まってしまうのだ。当時のLINEのやりとりや、日記、メモなどを見返せば見返すほど、あのときもっとできることがあったのではないか、僕はなんであぁしなかったのだろう、というように思いがよぎり、意識がそっちに向かってしまう。

僕のインスタグラム（@takanobu_koba）では数年前から殺処分寸前だった元保護犬福と、末期がんの妻、そして家族たちの日々の暮らしを投稿している。余命6ヶ月と宣告されてから犬を飼い、ボロボロだった僕とバラバラだった家族に笑顔が戻ったその話は、はからずも話題になり多くのテレビ番組やラジオ、雑誌などに取り上げられることとなった。しかし改めて、こうして本にまとめるために丁寧にふり返ってみれば、実際には僕はそんなにいい旦那じゃなかったし、尽くしてもいなかったかもしれない。もっともっと妻と、妻の病気に向き合うことができたはずだ、そんな風に感じてしまうのだ。

そんな思いを友人のライターや編集者に相談すると「その悩みもそのまま書いてしまえばい

いんですよ。それが小林さんなのだから」と背中を押してもらい、今、ようやくパソコンを開いてキーを叩いている。

そしてなによりも強く背中を押してくれたのが、僕のインスタグラムをいつも見てくれていた読者の方だ。名はIさん。末期の癌を患っていたIさんはある日僕宛にダイレクトメッセージを送ってきた。

「初めてメッセージ送ります（略）実は私も乳がんから肝臓に転移し治療している最中で、奥様も同じ病気と知りメッセージしました。毎日不安で、肺にも水が溜まってきている状態です。やはり奥様は最期かなり苦しまれたのでしょうか。私自身不安で仕方ないんです。もしお教えいただけるならお願いします。（私の）インスタの写真はまだ元気な頃で急に薬が効かなくなり今の状態です。つらい思いを思い出すことになるかと思いますが、よろしくお願いします。私は関西に在住の48歳です。結婚はしてますが、子どもはいません。ついつい不安で」

時折、僕の投稿に対して同じような病気をご本人やご家族が抱えているというようなコメントがあることはあるけれど、かなり進行した状態で本人が直接メッセージを送ってきてくださったのはIさんが初めてだった。もう十分すぎるくらい頑張っているであろうその方に、この先がそれほど長くないとわかっているその方に、いったいなんと言葉をかけていいのか。

しかし、同時に、ああこうして僕と妻が経験したことを聞きたい方がいるんだということを改めて知った。書く意味はきっとあるのだと。

僕はインスタグラムのメッセージに書かれた電話番号に電話をかけ、いろいろな話をした。

Iさんの「さすがに体調も気持ちもツライです。いっそ終わったらって思うこともあります。その度に主人、親戚、友達から、あかん！と連絡が入ります。私は恵まれているんだ、支えられているんだという一方で逃れたい気持ちも沢山あって、どうしたらいいかわからない状態の中です。100パーセントの答えってなんなんでしょうか…。ほんとに人生はわからないですね」という言葉がつらかった。

僕は電話の最後に
「実は僕ら家族と保護犬福の話を本にするためにこれから原稿を書くのです。ぜひ読んでくださいね」と伝えた。すると、

「奥様の闘病日記を手に取れないこと、すごく残念です」と。

その後Iさんへ何度かメッセージを送ったが、既読になることはなかった。

ああ、もっと真剣に原稿の執筆に精をだせばよかったと後悔した。今、僕がうだうだと煮えきらない思いで過ごす1分、1秒は、誰かにとっては、かけがえのない、残りわずかな時間だ。かすかに灯っている命の火が消えないように懸命に過ごしているその時間なのだ。

ところどころ記憶があいまいだったり、記録が消失してしまっているところもあるから、完全に正しいことだけが書いてあるわけではないけれど、誰かの役に立つのなら。そう思ってこの本を書いていこうと思います。

妻が余命宣告されたとき、僕は保護犬を飼うことにした

目次

大きな耳は敏感で小さな物音にもびくりと反応する福。その繊細な心で僕たち家族の心の亀裂を丁寧にやさしく継ぎ合わせてくれたのだった

うちに来て２日目か３日目。おどおどと椅子の下に逃げ込んだ(つもり)。白いハイソックスを履いたような太い前足におじいさんのようなしわしわ困り顔

リビングの片隅。用心深い福は一日中椅子の下から様子をうかがっている。大丈夫だよ。安心して出ておいで

公園にて。この頃の福はバセンジーというコンゴ原産の犬によく似た特徴が表れていた。耳、バイカラー、バグパイプのような鳴き声。そして人馴れの難しさ。顔は打たれ強いボクサーのようだ

悪性胸水

２０１５年11月24日。

薫の様子が明らかにおかしくなった。ここ数日ずっとへんな咳がとまらないようだ。

二日前、「いいふうふの日」だったにもかかわらず、僕はどうしても釣りに行きたくて一人で釣りに出掛けた。出がけに見た薫の表情がなんだか元気がなさそうで気がかりだったのだが「大丈夫だよ！楽しんできてね!!」という言葉をそのまま額面通りに受け取って僕は出掛けてしまったのだ。でも、心のどこかで、妻の体調が悪いときに、こんなお気楽に釣りをしていていいのかよ、と、やっぱりずっとひっかかっていたからか、その日の夜、薫の病状が悪化するという最悪な夢をみた。

そんな後ろめたさもあった週明け。朝、いつものように薫を起こしに行くと、顔色が青ざめていた。

「つらそうだけど、どこか痛むんじゃない？」

「ううん、大丈夫よ」

いつも薫は大丈夫としか言わない。結婚してからずっとそうだ。乳がんになったときも、再発したときも「うん、大丈夫よ。大丈夫だから安心して」そう言い続けてきた。しかし、なんだか今回はいやな胸騒ぎがする。あまりにも顔色が悪い。

病院が開く時間を待って一番に電話をすると、すぐに乳腺内科につないでくれた。病状を伝えると、すぐに来てくださいとのこと。病院までタクシーで送るからといくら言っても
「電車で行けるから大丈夫よ」と。こうなると薫は頑固だ。押し問答を繰り返した末、結局、電車で病院へ向かった。タクシーを使えばいいと言っても、治療費で長年迷惑をかけているから贅沢はしたくないという。

中央線はその日も遅れ気味で車内が混んでいた。息苦しさを隠して電車に乗り込み病院へ向かう。手にしたトートバッグには病院でもらった「ヘルプマーク」がついているけれど、これに気づいて席を替わってくれる人はほぼ皆無だ。元気そうなビジネスマンが優先席にどっかり

座って狸寝入りを決め込んでいた。ぜひヘルプマークを見かけたら席を譲ってあげてほしい。

連休明けの火曜日のせいか、病院もいつもにも増して人でいっぱいだった。受付を済ませるとすぐに検査することになった。検査室に薫を見送り、僕はどうしてもはずせない打ち合わせのために会社へ向かった。

「診察の前にレントゲンを撮るって。たぶんなにか問題があるんだろうね」

薫からLINEが届く。やはり病状はあまりよくないらしい。すぐにでも病院に戻ろうか？と告げると
「大丈夫だよ。なんとなく覚悟はしてるから。ひとりで大丈夫だよ」

いつものようにそう繰り返した。しかし薫も明らかにこれまでとは違う体の変化を感じていたようだ。そして、いつものように、肝心な今後についての先生からの話は自分ひとりで聞きたがった。

その後、連絡を待つ間、僕は仕事がさっぱり手につかない状態だった。午後1時半過ぎ、ようやくLINEが届いた。

「今から肺の胸水を抜くことになりました」

胸水の原因は転移した乳がんが悪化したということにほかならない。

「え?大丈夫?かなり悪いの?」

今見返しても間抜けな返信だなと自分を呪いたくなる。悪いに決まっている。

「うーん、説明が長くなるんだけど、今からすぐ行かないとだから。胸水を抜いて細胞検査をします」


やはり、いてもたってもいられなくなり、この後予定していた、書籍の企画会議への出席をキャンセルして僕は病院に向かった。

いつも乗り慣れた地下鉄がまるで初めて乗る電車のように感じられる。足が地につかずふわふわした感じだ。僕が気をしっかり持たないでどうする。自分を奮い立たせる。

エレベーターで3階の通院治療センターへ向かうと、診療室入り口にある小さなソファに薫は座っていた。

「結果次第だけど、たぶん抗がん剤治療になると思う。今から局所麻酔で水を抜く処置をしてくるね」

落ち着いた表情でそう言った。

その日ドレナージで抜いた悪性胸水は1日に抜ける最大程度の量だった。一度抜いてもすぐに溜まる可能性もある。実は薫は僕と結婚してすぐ、23歳のときに乳がんを発病している。当時は症例があまりない若年性乳がんだったが、乳房とリンパ節を切除する手術を経て、長期に渡るホルモン療法でがんを押さえ込んでいた。しかし、2010年に乳がんが再発、肝臓や気管前リンパ節、肺などに遠隔転移して以降もタモキシフェンとゾラデックスのホルモン療法で約5年間封じ込めていた。その乳がんがついに牙を剥いたのだった。


翌週の火曜日。細胞検査の結果を待って再び病院へ向かう。治験薬の説明もあるということで、今回は僕も同席することになった。

診察室に通される。僕と薫をちらりと見て先生はデスクのモニターに映し出されたレントゲンに目をむけた。予想通り肺と肝臓へ転移したがんの白い影が大きくなっていた。腫瘍マーカーの数値も高い。

「ここまで抑えていたがんが大きくなっています。がんの進行を遅らせるためにも、抗がん剤を使うことをおすすめします」

先生がボールペンを面談票に滑らせながら、いつもどおり表情をまったく変えずに言った。レントゲンによって映し出された白い影は肺、肝臓、骨、腸の入り口、あらゆる場所に転移していた。

がんの専門医というのはそういう訓練がなされているのだろうか。あるいは日々数え切れないくらいのがん患者を診断し、告知し、そして見送っているために仕事と感情が切り離されているのだろうか。本当に表情を動かさない。見込みもないのに希望を持たせたり、あるいは不要に心配させたり、そういうことがないように意識しているのかもしれない。しかし、できることならモニターを睨んだままではなく、薫の方を向いて、語りかけてくれたらいいのになと思った。

今の時代、インターネットで検索すれば、血液検査に記された腫瘍マーカーの意味も、肝機能の数値も、病状から推察される予後も簡単に手に入ってしまう。だからこそ直接医師と話すときは、インターネットでは絶対に伝わってこない、血の通った会話の温度みたいなものがあったほうがいいと僕は思う。薫自身も、ずっと昔から、今のがん専門医に対しても、その前に通っていた別の病院の先生に対しても、常に「冷たい」と言っていたから。

その日、先生からは抗がん剤の新薬の治験に参加することをすすめられ、投薬サイクルや副作用などの説明があったが、ほとんどその内容は頭に入ってこなかった。

抗がん治療開始

病院から連絡があり抗がん剤パクリタキセルと併用してアメリカの新薬を投与する治験に参加できることになった。

治験なので参加するためには組織や細胞が対象基準に適合している必要がある。先日の検査の結果をアメリカに送ったところ、ようやく「合格」とのお達しがきたのだ。

その知らせを受け取るまでの間はまるで難関校の受験結果を待つような気分だった。未承認の薬剤ということはつまり、新しくて効果絶大な薬に違いないから、絶対よくなるに決まっている。そう思うと僕たちは明るい気持ちになった。

治験に参加すると病院の受診はすべて特別な待遇になる。受付も別の場所。待合室もラウンジのようなゆったりと豪華な空間で、待たされることもほとんどない。しかもコーディネーターと呼ばれる専門のお世話係のような方がついて、体調チェックから悩みまですべてケアしてくれるのだ。なにかあればコーディネーターさんに直接電話すれば素早く対応してくれる。もちろん治療費も無料だ。薫にとってもこの厚遇はとても心強いようで病院へ行くときもこれまでより少し足取りが軽くなったように見えた。

僕はそんなに気にしてはいなかったけれど、結婚してすぐの頃からずっと病院通いで少なからぬ治療費がかかり続けていたから、抗がん剤によっては週一回の投与で10万円以上かかる高額な治療が無料になることも精神的な負担を軽くしてくれたようだった。

しかし、実際に投薬を開始すると、最初に説明は受けていたものの抗がん剤の副作用は僕たちの想像を遥かに超えるものだった。

投与してすぐに発熱や口内炎、激しい嘔吐が薫を襲った。

その様子は見ているだけでつらかった。昨日まではつらいながらも日常生活を過ごすことができていたのに、今日はまるでもう直ぐ死を迎えるのではないか?そう思うくらい具合が悪い。

一番ひどかったのは蕁麻疹で、背中全面にまるで火傷のような赤い発疹が出て腫れあがっていた。強い痒みと痛み。粘膜という粘膜が赤くただれたようになった。口内の炎症もひどく、ほとんど食事もとることができない。みるみるうちに顔色が悪くなり、やつれていくのがわかった。もともとパクリタキセルという薬はアレルギー反応を引き起こすようで、点滴をはじめると呼吸困難におちいることもあるのだ。

一週間もすると薫が一番気にしていた脱毛がはじまった。

「まとまって髪の毛が抜けはじめたよ」

そっと髪の毛に手をやり、すーっと櫛でとかすように撫でると、指の間にごそっと髪の毛がついてくるのを見てさすがに言葉を失った。もちろんこの状況で体裁なんて気にしてはいられないけれど、お洒落が大好きな薫にとって脱毛は本当につらいできごとだった。

薫はずいぶんと弱気になっていた。心細そうに僕のほうに視線を向けて、髪の毛がまばらになった頭をくりくりと膝に擦り付けてくる。

「とうとう眉毛とまつ毛も抜けてきちゃった」

変わり果てた自分の姿を見てひどく落ち込んでいた。僕にしてあげられることと言えば、素敵なウイッグを作ってあげることと、かわいい帽子を買ってあげることくらいしかない。

その晩、「ふわふわした髪の毛がまばらになって残っているのがいやだ」というので、Ａｍａｚｏｎで買ったバリカンで、髪の毛をきれいさっぱり剃ってあげた。

お風呂場で3ミリカット。すうっとバリカンを走らせると、残っている髪の毛がパラパラと落ちていく。その様子を見ながら、なんだかおかしくて、ふたりで大笑い。でも、いつしか、その笑い声が涙声になっていった。

髪を剃ったあとは枕元でいろんな話をした。体がもう少しラクになったら僕たちが10代を過ごした岡山の懐かしい店に行きたいと薫はいった。

「大学の裏にあった激安のとんかつ屋はまだあるのかな？」

「もうないんじゃない？」

「一緒にアルバイトした店にも足を運ぼう」

「じゃあ暖かくなったらふたりで行こうね」

そう言って薫を見たらまた泣いていた。しばらく泣いたあと、ゆっくり目を閉じたのでそのままぼーっと顔を眺めていたら、急に薫が目を開けて

「あーもうこの人死ぬなーって思ったでしょ」と言って笑った。

とても困った。

今日はかなり息が苦しいらしい。

終わりの見えない苦しみ

その後も副作用は容赦無く薫の体に襲いかかった。「抗がん剤で殺される」そんな言葉をこれまでいろんなタイミングで聞くことがあったけれど、まさにこのまま投薬を続けたら、がんではなく副作用で死んでしまうのではないか？そう思わずにはいられないほどのものだった。蕁麻疹に関してはあまりにひどいので病院で診察を受けると、やはり副作用のレベルが尋常ではないようで、少し薬の量を調整することに。週一回点滴で投与して28日間で1サイクルという流れだったが、アレルギー反応が出たため投薬のタイミングをしばらくずらすことになった。

薫はがんの症状が悪化した頃から、精神のバランスがとても不安定になっていった。抗がん剤の投与によって、副作用としての「鬱」が発症したのである。医師に処方される抗鬱剤を服用しながら、現実から逃避するように薫の飲酒量が増えていったのもこの頃からだ。

僕が自宅に帰る時間には、薫は薬の副作用とアルコールの摂取によって意識が混濁、キッチンで倒れ込んでいることもしょっちゅうだった。きっと仕事を終えて帰ってくる僕のためにごはんを作ってくれようとしたのだろう、キッチンには作りかけの食材が散乱していた。いったいなにを作りたかったのか？種類さえわからないような謎の料理の残骸がキッチンに散らばっているのだ。

その様子を見て、最初のうちは

「危ないからごはんは作らなくていいからね。薬を飲んだときはお酒を飲んではダメだよ、気をつけてね」とできるだけ優しく諭すものの、一向に薫のお酒の量は減らないし、注意する僕の顔を見る薫の瞳は虚で焦点があっておらず正気でないことは明らかだった。

そうなるとつい

「お酒はダメだって言ってるだろ!!いい加減にしてくれよ」と

語気が荒くなってしまうのだ。

一旦心のブレーキが外れてしまうと

「なんで言うこと聞いてくれないんだよ!!　ちゃんと薬飲んで寝てよ。だいたい意識が朦朧としてるまま火を使うなんて火事になったらどうするつもりなんだよ!!」

どんどん言い方がきつくなっていく自分を止められなくなる。

そんなふうに僕が家に帰ると不機嫌になるので、大学生の息子と高校生の娘もビクビクしながら過ごすようになった。僕が帰る前に薫をちゃんと床につかせなければ、またお父さんが怒り出してしまう。

「お母さん、お酒は飲まないでもう寝てよ!!」

子ども達はまるで薫を僕の目の届かないところに隠すように寝かしつけて、自室に閉じこもるようになった。特に受験を控えていた娘は僕とは一切口をきかず、家ですれ違っても目も合わさず、ほとんど部屋にひきこもったような状態になってしまった。

ゆっくりくつろげるはずの我が家はいつのまにか、殺伐とした空間に変わり果ててしまった。

家に帰ることが億劫になってしまった毎日。もちろん帰らないわけにはいかないから、家に帰って妻を注意して、不機嫌なまま夜を過ごす。そんな毎日が過ぎていった。

でも頭ではわかっているのだ。「よし、みんな苦しいのは同じなんだから明るく、勇気づけてはげまそう。元気を出して笑顔でいよう」

だから毎日、祈りにも似たその思いを強く抱きながら家路についた。それでもふと気を緩めるとつい大きなため息が出てしまう。まだ子ども達が幼かった頃しょっちゅう、家族4人で海外旅行やオートキャンプに出かけた。あんなに幸せな時間はもう二度と戻ってこないんだろうな、そう思うと涙があふれてきた。

終わりの見えない日々。いったい、いつまで続くのか。でもこの苦しみが終わるということは、同時に薫が死を迎えることを意味する。回復が見込める病気であるならば、苦しみの先にある目標を家族みんなで共有することもできるだろう。しかし、「決して回復することはない」という事実を受け入れながら、抗がん剤治療と激しい副作用に耐える薫を見続けるのは家族にとっても苦しいことだった。もちろん本人が一番苦しんでいるのは言うまでもない。

ときどき、僕自身、いったい自分がなにを望んでいるのかわからなくなってしまうことがたびたびあった。

今となっては笑い話だが、僕のスマホにはアルコールと抗鬱剤のせいでちょっと陽気になった薫がキッチンで「沼サンド」を作るよ、といいながら料理をする様子を撮影した動画が残されている。沼サンドというのはインスタグラムで当時人気のあったホットサンドのメニューで、食パンの上にたっぷりのキャベツにブラックペッパーを振り、スライスチーズ、ハム、マヨネーズをサンド。陶芸家の大沼道行さんが発明したもので「沼サンド」と名付けられた薫のお気に入りのレシピだった。でも実際動画に写っているのは沼サンドとは似ても似つかない、謎の料理だ。抗がん剤のせいでクリクリ坊主頭になった薫が朦朧とした意識のまま料理をしている姿。頬が赤く染まり（これも副作用なのだが）、うれしそうに家族のためにフライパンを振る様子がまるで少女のようなのだ。今もこの動画を見ると本当に可愛くて涙が出てくる。

不安からひととき逃れられているこの時間を、僕ら家族はもう少し優しく大切にすべきだったなと反省しかない。でもその頃は僕も子ども達も毎日、気持ちがもう、いっぱいいっぱいの状態でそんな余裕もなかった。

それでもパクリタキセルはよく効いてくれた。通院検査では胸水はだいぶ少なくなり、肝臓に転移したがんも縮小傾向がみられた。あまり気にする必要はないと言われている腫瘍マーカーの数値も横ばいか減少傾向となった。

効果があれば現金なもので、つらい副作用や気持ちのすれ違いも途端に乗り越えられる気がしてくるものだ。副作用に対する「慣れ」のようなものもあったかもしれない。この後こんな症状がやってくる、この息苦しさは2日間我慢すれば過ぎ去っていく、というようなことをあらかじめ知っていれば、精神的にも落ち着いて対処することができたのだ。

通院の帰り道、電車の席に向かい合って座る。なんだか薫の足がすごく痩せているのが気になった。

私、もう長く生きられないでしょ

抗がん剤の効果なのか、心も体も調子が良い日は近所を散歩したり、買い物に出かけることもできるようになってきた。通院用にマリメッコのリュックサックがほしいというので街に買い物に行ったり、5月の連休には日帰りで益子の陶器市まで足を伸ばして、大好きな器をゆっくりとショッピングしたりすることもできた。

しかし転移した乳がんには、どんなに良い抗がん剤を投与しその効果を発揮したとしても、がんが消えて無くなることはない。たとえある程度抗がん剤が効いて腫瘍が縮小したとしても、その攻撃を耐え忍んで生き残ったがん細胞は耐性ができてしまう。そうなると二度とその薬では小さくなることがないのだ。したがって患者は次の抗がん剤、その次の抗がん剤、というように効果がなくなり次第どんどん薬を変えていくことになる。

抗がん剤の種類は数えきれないくらいあるけれど、そのすべてに効果が期待されるわけではなく、当然、もっとも期待できる薬剤から投与するわけで、つまりだんだん効果は一般的に減少していく。そして、もうこれ以上のチョイスがなくなったときか、体力がもたなくなったとき、積極的治療は終了。がん専門の研究病院の場合は「これでお引き取りください、あとはどこかの病院で緩和治療を受けてください」となるのだ。

病院の待合室で治療の順番を待っているとき、診療室からご主人に肩を抱かれてでてきた老婦人が涙ながらに「もう少し治療をがんばらせてください。ほかの薬で効果があるかもしれないから」と訴えているところに出くわしたことがある。見捨てられたというと語弊があるけれど、今のがん治療の現場のある側面であることは間違いない。

だからこそ、抗がん剤の副作用でぼろぼろになるまでがんばって、最後、治療をやめたときにはもうほとんど体力が残っていないそんな状態になることを選ぶよりも、まだまだ体力が残っている段階で、抗がん剤をコントロールしながら、ＱＯＬ（クオリティ・オブ・ライフ）を上げていく選択をすべきである、という意見が存在する。

しかし、実際に経験して思うのはこの判断は本当に難しい。よく本人の意思とは裏腹に家族や周囲の人たちが

「あきらめないで」

「きっといい薬があるから」

と、治療継続や場合によっては標準治療ではない怪しい民間療法をすすめたりするケースがあって、本人はもうこの苦しい治療をやめたいと思っていてもやめられないというのはよく聞く話だ。しかし、逆に、先生からかなり難しい状況を告げられている家族たちが「もう無理せずに穏やかに残りの時間を過ごした方がいい」と思っていても、本人自身が生きることへの執着が強くて、最後の最後まで治療を諦めないケースもあるのだ。

薫の場合は全身への転移が発覚した当初は

「私はもう長く生きられないから苦しみたくない」

「無理して治療したくない」

「誰にも知られずに死んでいく」

と、言っていた。しかし、そのうちだんだんと

「つむぎ（長女）が成人式を迎えるまでは死ねない」

「なんとしてでも1日でも長く生きていたい」

というように思いが変化していった。この後、僕たちは薫のために保護犬を迎えることになるのだが、とりわけそれからは生きることに対してより強い執着を見せるようになった。だから僕たち家族は薫のそんな気持ちに応えようと本当に必死だったのだ。

それでも、僕と薫の中では「抗がん剤のやめどき」というのはずっと意識の中にはあったと思う。ただ、その思いがふたりのなかで同じではないからそこが本当に難しいと感じたのだ。

パクリタキセルと治験薬の併用投与から3ヶ月が経過した頃、

「なんだか背中が痛いなあ」

と薫が言うようになった。痛みに我慢強く、心配させないためか僕にはあまり「痛い」とか「つらい」と、自分からは言わない薫だけに心配だ。

検査のために病院へ向かうとき「悪い予感がするなあ」とぼそっと薫がつぶやいた。

「右肋骨の痛みに一致して、骨シンチ検査で骨の病変に変化がみられるようになりました。同時に腫瘍マーカーも上昇しています。つまりこれは現在の薬に耐性ができたがんがふたたび活動しているということを意味しています」

検査結果を告げる主治医は僕らの顔をみることなく、モニターに映るCTの画像に目をやりながら、面談票にペンを走らせる。後から「伝えた、伝えていない」など齟齬がおきないようにということであろう。すべての報告は文書として記され、最後に「私は本文書内容の説明を受けました」という欄にサインする。

「現在の薬を終了することを考えましょう。抗がん剤の変更です」

3ヶ月間しっかり効果が実感できた抗がん剤の治療がついに終わることに僕たちは落胆した。

主治医が次にすすめてくれたのはAC療法と呼ばれる乳がんの治療法として標準的な抗がん剤だ。ドキソルビシンとシクロホスファミドという2種類の異なる作用機序の抗がん剤を組み合わせたAC療法は21日を1サイクルとして治療を4回繰り返す。投与サイクルは4回で一連の治療は終了になる。この薬はどんなに効果があってもこれ以上は続けられない。

最初の抗がん剤が効かなくなったことにショックを受けたものの、まだ選択肢はある。気を落とすことはない。次回の検査結果いかんでは入院になりそうでもあったが、希望を捨てる必要はない。そう言いながら帰路についたが、その晩、薫はひどく泣いていた。かける言葉がなにも見つからなかった。

この日、薫が席を外したときに僕が主治医から聞いたのは、「目標は半年」、つまり、言い方はソフトだが余命6ヶ月という冷淡な通告だった。もちろん薫に伝えることなどできなかった。

翌日、まだ背中の痛みは続いていたが、もらった痛み止めを飲ませて薫を寝かせて、心配ではあったが僕は仕事へ。でも、どうにも落ち着かない。様子が気になってLINEを送ってみる。


「どう?具合?」

「寝込んでいると気持ちが塞ぐので、起きました。そうしたら、楽になったよ」

「そっか」

「心配かけてごめんね、明日は泣かない」

「泣いてもいいよ。気持ち無理したらあかん。家族なんだから」

「優しい旦那さんがいて、息子も娘も協力的。私は幸せながん患者だね」

「どないしたんや急に(笑)」

「ふふっ」

「なにがおかしいの？」

「本当の事言って。私、あんまり生きられないでしょ」

「そんなことないよ！」

「困らせてごめんね」

「大丈夫や。心配するから胸がつらくなるんやで。今日は校了があるからもう少しかかるけど、とにかく安心して横になって。あした、美味しいもの食べよう！」

検査結果にすっかり気持ちが弱ってしまったようだった。そして
「あのね、つむぎが誕生日にプレゼントしてくれた多肉植物が枯れちゃったの…今度の検査でまた肺に水が溜まっていたら入院することになるかもしれないね」

ささいなことがすべてこれから起こる悪い出来事の予兆のように感じてしまうのだった。

娘はちょうどその頃、大学受験を控えていた。娘の受験を応援しなければいけないタイミングで、思うように体が動かず、ごはんの用意さえもままならない状況。母親としての責務を全

うできない悔しさとふがいなさを薫はずっと嘆いていた。

しかも、先日行われた模試の結果で、今のままでは娘が志望している大学に合格するには成績が遠く及ばないということが判明。僕はこれまで、娘の進学や学業についてはほとんど口を挟んでこなかったのだけれど、どうやらそうも言っていられない状況になったようだ。

薫のがん再発以来、なんだか家族関係がぎくしゃくしてしまい、ろくに口もきいていない娘の毎日のお弁当作りに加えて、個別指導の塾の手続きや、進路相談など、またまた難題の「家事」が僕のやることリストに加わったのである。

犬を飼うと毎日が絶対楽しくなるよ

家族の心がバラバラになっているのは明らかだった。妻のために、母親のために、一致団結して闘おうという気持ちはみんなが確かにしっかり握りしめているはずなのに、顔を合わせるとどうしてもお互いへの不満が噴出してしまう。思うように描けない未来への焦り。本当の病状はいったいどうなんだろうという疑念。ささいなことで、息子と娘もしょっちゅうぶつかり合うようになった。しっかり握りしめていたはずなのに、油断すると信頼という絆のロープはするすると握った手の隙間から逃げて行こうとするのだ。

この頃になると薬の副作用による鬱と幻覚からか、薫の異常な行動も頻度を増してきた。

当時、同じく乳がんで闘病中のタレント小林麻央さんのブログをこっそり読んでいた薫は、ある晩、思い詰めたようにリュックサックに荷物を詰め込み始めたのだ。

見かねた娘が

「どうしたの？どこかに行くの？」と聞くと
虚な目で薫は
「小林麻央さんに会ってくる。どうしたらそんなに前向きになれるのか、直接聞いてこようと思うの」と弱々しく告げたのだ。

「お母さん、何言ってるの？正気になってよ‼いいかげんにしてよ！」

あまりの唐突な行動に娘も呆気に取られた。

実をいうと薫は小林麻央さんのブログが嫌いだった。そこに綴られているのはあまりにも自分の病気と進行具合や症状が酷似している日記だったからだ。でも、見ずにはいられない。目が離せなくなってしまっていた。

しかし、見れば自然とコメント欄に書かれた、人の心を切り裂くナイフのようなネガティブなコメントも目に入ってくるのだ。

「死期が近いね」

「顔に死相がでてるね」

小林麻央さんにむけられた鋭い刃は、薫の心にもその切っ先を向けてきた。そんな日々にも負けない小林麻央さんの精神状態が知りたいという思いが募って、今回の異常な行動につながったのだろうか。

こうした状況は僕自身の心もどんどん追い詰めていった。

どうにもならない状況に直面したとき、人は思考することを停止するのだとそのときはじめて知った。思考を止めて自分の心に鍵をかけてしまうのだ。

家にいても必要なこと以外はしゃべりたくないし、できれば一人になりたい。そう思うことが多くなっていった。がんじがらめのこの状況から逃げ出してしまいたい、そんな弱い心が顔をのぞかせてくる。

家族で過ごせる時間にはタイムリミットがあり、カウントダウンはすでに始まっている。その時計を止めることなど誰にもできないのに、どうしても前向きに時間を使うことができない。わかっているのにそうできない。そのジレンマで、日々、気持ちは不安定さを増していった。刻一刻と時計の針は止まることなく確実に進んでいるというのに。

そんな小林家の状況を、ずっと側で見守ってくれていたのがモデルでデザイナーの雅姫さんだった。雅姫さんとは僕が「天然生活」というライフスタイル誌を立ち上げたときからずっと、仕事を通して、そして今では友人としても家族ぐるみで仲良くさせてもらっている。

天然生活を創刊した2004年よりずっと前から、自由が丘にあった当時は9坪ほどの広さの雅姫さんのお店「ハグ オー ワー」が薫は大好きだった。雅姫さんのライフスタイルと世界観をぎゅっと閉じ込めた空間は自由が丘という街を特別な場所に変えてしまうほど衝撃的だった。ナチュラルな素材に、アンティークをモチーフにしたオリジナルフラワープリントが施されたワンピース、くすんだピンクやパープルのカラーが目を引くカットソーなど、ほかにはない品揃え。店内の什器はすべてが使い込まれたアンティーク。まるでパリの街角のお店に迷い込んだかのような空間はそれはそれは素敵だった。ときおり、ふらりとお店に顔を見せる雅姫さんのすらりと長身で、東洋的でミステリアスな雰囲気をまとった姿を、夫婦で息を飲んで遠巻きに眺めていたものだ。

ハグ オー ワーは雅姫さんが娘に着せたい市販の服がなかったから自分で作り始めたことがきっかけで生まれたお店だ。まさにほしい服のイメージがドンピシャ。偶然にも雅姫さんの娘ゆららちゃんと、我が家の長男ときおは同い年。子育ての悩みや喜びを共有できる存在として、憧れと同時にシンパシーを勝手に感じていた。

うちの子ども達にハグ　オー　ワーの子ども服を着せれば、実際よりも何倍もおしゃれに見えた。幼稚園に行けば「それどこのお洋服なの？」と聞かれることもしょっちゅう。薫はちょっと誇らしく、うれしかったに違いない。

僕が女性誌「天然生活」を創刊することになったとき、想定読者である「暮らしにこだわりをもった女性」の一番身近なペルソナは薫だった。創刊にあたっても雑誌のテイストや値段などいろんなアドバイスを聞いた。だから、そんな彼女にとって憧れの存在であった雅姫さんに天然生活を立ち上げるときは一も二もなくメインキャラクターをお願いしようと決めていたのだ。もっともその頃にはもう押しも押されもせぬ人気モデルであった雅姫さんだから、われわれが勝手に決めていても、そう簡単に雑誌に出演してくれるとは限らない。

しかし、思いは届くものだ。半ばダメ元で書いた企画書は雅姫さんが「今自分がやりたいこと」とちょうど重なり合ったようだった。

そうして受けてもらった創刊号の雅姫さんの「子どもに伝えたいこと」という巻頭特集は大

反響だった。それまで雑誌で取り上げられていた雅姫さんが見せたことのなかった表情と、そこに綴った暮らしへの思いは読者に強烈なインパクトを与えてくれた。その号はあっという間に品切れになり雑誌としては異例の重版を何度も重ねることになった。その後も毎号雅姫さんには天然生活の特集企画をお願いした。

思えば、薫が最初に乳がんを再発した報告を聞いたのは、雅姫さんと取材で訪れたアイルランドの空港に到着したときだった。ターンテーブルに流れてくるスーツケースを待っているときにケータイに着信があり、留守電をコールすると涙声で「ごめんね、ごめんね、再発しちゃったみたい」のメッセージが入っていた。最初に発病して乳房切除の手術をして完治したと思っていた乳がん。その手術跡のケロイドに癌化した細胞が見つかったのだ。

観たことのないアイルランドの景色と薫からのメッセージがあまりにも現実感を伴わず、その瞬間はまるで夢の中の出来事のように感じた。

しかし、少しずつそれがずっしりと重みを増して心にのしかかってくるのを感じたとき、自分の心にだけ事実をしまっておくのはあまりにもキツくて、その晩、滞在地コークのカフェで

「実は…」と薫の病気の話を雅姫さんに切り出したのだった。

これから始まる取材旅の前にこんな話をするのはどうかと思ったのだが、雅姫さんはとても優しく、ときには目に涙をうかべて僕の話を聞いてくれた。以来、ずっと僕たちのことを気にかけて見守ってくれているのだ。


話を戻そう。ぐっと冷え込みが厳しくなり、街にクリスマスソングが流れ始めた頃。もうどうしていいのかわからなくなった僕は雅姫さんに電話をかけた。

「お、こばへん元気⁇」

最後に一緒に作った単行本『ぐれもり日記』からどれくらい経つだろうか。『ぐれもり日記』は雅姫さんが当時の愛犬ラブラドールレトリーバーのグレゴリーとモリラと過ごす日常を綴ったものだった。僕は女性誌の編集長職から管理職にかわって現場の仕事にあまり関わらなくなってきたため、しばらく直接的なお付き合いはご無沙汰していた。それでもときどきＬＩＮＥなどを通じて近況を報告はしていたので我が家の状況は把握してくれていた。ちなみにこばへんは僕の愛称。こばやし編集長、略してこばへんだ。

「それが元気じゃなくて。どうしていいのか本当にわからなくて」

ちょっと背中を押されたらすぐに涙が出てしまいそうな、情けない声で薫のことや今の小林家の状況を伝えると、明るい声で思いもよらない返事が返ってきたのだ。

「犬を家族に迎えてみたら？　犬を飼うと毎日が絶対楽しくなるはず。薫ちゃんもきっと元気になると思う」と。


え？犬？こんな大変な状況のときに犬…。


雅姫さんは現在二匹のトイプードルと一匹のラブラドールレトリーバーと暮らしている。結婚して以来、犬がずっとそばにいる生活をしているのだ。雅姫さんにとって犬は最高の癒し。どんなにつらいこと、悲しいことがあっても三匹の顔を見ればどんよりした気持ちは、まるで雲が流れて晴れていくように、さーっと青空に変わっていくという。

そして、はっ！と突然思い出したのだ。半年ほど前、抗がん剤の効果が薄らいできて気弱になったとき

「犬か猫でも飼おうかな。もっと気持ちに張り合いができてシャンとするような気がするのよ。なーんてね」

と冗談めかして薫が言っていたことを。

これだ！犬だ！犬と暮らせばきっといろんなことがうまくいくはずだ。思いは確信にかわった。進んでいる時計の針の速度をもしかしたら落とすことができるかもしれない、なぜかそう感じたのだ。

きっかけは覚えていないのだが、もし犬を飼うならペットショップではなく保護犬にしようという思いは昔からずっとあった。もちろん当時は今ほど知識も情報もなかったので、なぜ殺処分の犬が減らないのか、とか、ペットの店頭販売のどこに問題点があるのかなんてことはまったくわかっていなかったし、確固たる問題意識を持っていたわけでもない。でも雅姫さんが飼っているラブラドールレトリーバーのヴォルスが何軒もの家で育てることを放棄された保護犬だったこともあり、自分も選択するならばそれがいいだろうと漠然と考えていた。

すると、なんとそのタイミングで保護犬の情報が雅姫さんから届いたのだ。

「ちょうど山口県で保護された子犬が何匹かいて、飼い主を探しているところなんだけど、薫ちゃんのクリスマスプレゼントにどう？」

クリスマス、そして12月29日がちょうど薫の誕生日。まさにこのタイミングは運命だと僕は勝手に思い込んだ。

その子犬たちは山口県周南市の公園で保護された野犬の子どもだということだ。生まれてすぐ巣穴にいるところを保護された子犬たちは、東京の保護シェルターによって引き出され、縁あって犬猫の保護活動にも熱心な女優の石田ゆり子さんに里親探しのバトンが託された。それを友人の雅姫さんが知り、僕に白羽の矢がたったというわけだ。

僕は間髪を入れず

「え？本当ですか⁇どんな犬か見てみたいです！」

と伝えた。

しばらくしてスマホには雅姫さんからたくさんの子犬たちの写真が届いた。ころころして短い手足に大きな頭。鼻と口のまわりは真っ黒で子熊のようだ。くりっとした愛くるしい目玉。子犬たちが小さなスペースにひしめきあっている。どの子も負けず劣らずの愛くるしさだ。

「今いる子たちはもうだいぶ里親さんが決まったみたいなんだけど、12月30日にまた何匹か子犬がシェルターに入ってくるみたいだから、その子たちを待ってからでもいいかもしれないね」

と雅姫さん。愛犬のいる生活に思いをめぐらせると、久しぶりにわくわくする気持ちがこみ上げてくるのだった。

セラピードッグを知る

しかし、本当に今の我が家の状態で犬を飼うことはできるのだろうか？そもそも末期がんの患者が動物と暮らしても衛生面で問題はないのだろうか。薫は、子ども達は賛成してくれるだろうか。

いざ現実の課題に向き合うと、わくわくで膨らんでいた気持ちが一気にしぼんでいった。でも、もたもたしている時間は僕らにはない。

今できることを悔いがないようにやるだけなのだ。急いでいろいろな資料にあたってまず根本的な「安全面」を調べてみた。すると興味深いことに「セラピードッグ」という存在があることがわかった。

セラピードッグとは「人への忠誠心と深い愛情で、高齢者を始め、障がいを持つ方や病気（癌や精神）の治療を必要とする患者さんの身体と精神の機能回復を補助する活動をしています。セラピードッグ達が患者さんの心身の状態と向き合い、リハビリに寄り添うことで記憶を取り戻したり、動かなかった手や足が動くようになる効果があります。国際セラピードッグ協会では、犬たちの個々の能力や性格を大切に育て、対象となる方々の症状に合わせた治療のケアーをしています。」（一般社団法人国際セラピードッグ協会のホームページより）

実際に末期がん患者が入居するホスピスや、特別養護老人ホームで、患者さんやお年寄り達が保護犬、保護猫たちと一緒に暮らすことで大いなる力をもらっているという例があるなど、ドッグセラピーは科学的なエビデンスはまだまだ得られていないものの、体験者や家族はあきらかに主観的な効果を実感しているという。

動物には心を癒す効果があり、病人が動物を飼うことはプラスに作用する要素の方が多い。資料を読み込むごとに僕は自信を深めていった。

しかもこうしたセラピードッグの多くは災害で飼い主と離れ離れになった保護犬たちで、体に障がいをもっている子も少なくないのだとか。

保護犬、まさに今僕が出会おうとしている犬たちではないか。

こうして僕の保護犬計画は秘密裏にそして着々と進んでいった。

さて、環境省の統計資料「犬・猫の引取り及び負傷動物等の収容並びに処分の状況」によれば平成30年度の犬の引取りおよび処分数は、引取り35535頭のうち、飼い主への返還あるいは新しい飼い主への譲渡ができたものが28032頭。殺処分になったものが7687頭となっている。じつは返還・譲渡数そのものは平成16年度が25297頭で約2700頭ほどしか増えてはいない。しかし平成16年度は全引取り数が181167頭でそのうち殺処分が155870頭と目を覆いたくなる数字であった。これが、ここまで減少したのは民間の保護団体の努力にほかならない。彼らによる引取りが圧倒的に増えたことで、保健所での引取りが減り、殺処分も劇的に減少したのである。

しかし、それでもまだまだ足りないのが現状。ペット先進国であるドイツ・ベルリンの保護施設ティアハイムでは、譲渡率は9割を超えるというし、アメリカ・ポートランドではペットショップは保護団体と積極的に連携し、犬を飼う人のほぼすべての人が保護犬を選んでいるという実態からすれば、まだまだ日本は遅れていると言わざるを得ない。しかも海外の場合は飼育できる経済力があるか、家族全員の承諾はとれているのかなど、非常に厳しい審査があり、途中で飼い犬を放棄することができないようになっていることが多いのだ。

日本ではクレジットカード1枚で衝動的に犬を買う人が後を絶たない。そして、思ったより手が掛かる、お金がたいへんだ、鳴き声がうるさい、というような信じられないほど安易な理由で保健所に持ち込む人がいるのだ。

こうした実情を詳しく知るようになったのは保護犬のことに興味をもってからだが、知れば知るほど僕の中では飼うなら保護犬しかない、まるで使命感のようなものさえ芽生え始めていた。

その思いとは裏腹に僕が進めようとしていた保護犬の引取り方法は、本当は一番やってはいけない方法だった。家族にも相談せず、こういう形で受け入れたがために、後に家族から反対されて結局保健所に犬を引取ってもらったなんていう例も多数あるという。しかし、このときの僕はなにかに突き動かされるように、なんの不安も疑問も持つことなく前に向かっていた。雅姫さんの「いざとなれば私がなんとかするから安心して！」という力強い後押しをもらえたことも理由のひとつだ。

昔から僕は100円の雑貨をひとつ買うのもなかなか決断できないくせに、マンションとか車とか金額が大きなものはそのときの咄嗟のインスピレーションで決断してしまうという悪いくせがある。思えば就職先も、大学進学も、すべてそうだった。そもそも理系で医学部を目指していたはずなのに、共通一次試験が終了した時点で突然思い立って文転。経済学部に変更したのは紛れもなくその現れだ。その結果、出版というこれまたまったく脈絡のない仕事をしているという事実。自分には一番自分のことがわからない。

しかし、一応、家族の中にも味方がいた方がなにかと便利だと思い、ある晩、長男のときおにだけそっとこの保護犬計画を打ち明けた。

「まじで?まじなの?」

息子はあまりの突拍子もない提案に爆笑していた。そして

「わかったよ。きっとお母さん喜ぶと思うよ。つむぎもずっと犬ほしいっていってたもんね。なにかあれば協力するよ」

と、応援の言葉をもらって心がすっと軽くなった。

それから一週間。ついに首を長くして待っていた雅姫さんからのＬＩＮＥが届いた。

「子犬たちがの写真が届きました!」

というコメントが添えられたメッセージには先日見た子たちよりもひと回り小さなワンコたちの姿があった。

押し合い、へしあい、身を寄せ合う子犬たち。どの子もまだ目があいたばかりだろうか。体全体のバランスでいえば頭が大きくてよたよたしていて、もうたまらないかわいさだ。どの子がいいか決めておいてね、と言われたものの、これは難しい。だってどの子もかわいいのだから。

じっと写真を見ていると、その中の一匹、灰色の体にドロボーひげのようなマズルが愛くるしい、紫色の首輪が目印の「マロン」というワンコが目についた。この子はどうだろう。

「ねえ、ときお、このマロンて子どう？」

息子に相談のＬＩＮＥを送ると

「うわーー、かわいいねえ。かわいい。いいんじゃない」

との返事。もちろん、写真からでは性格もわからないし、すべては実際に会ってみてからだけれど、ひっそりと、このマロンという子にしようかなあと心を決めたのだった。

アンズとの出会い

２０１６年の年末。首都高を走る僕の車のラジオからは星野源の「恋」が流れていた。助手席に雅姫さん、後ろに娘のゆららちゃんを乗せて保護犬たちが待つシェルターを目指す。大ブームを巻き起こしたドラマ「逃げるは恥だが役に立つ」の余韻は最終回を迎えた後もなお、世の中に強く残っていた。

「ママは今日ちょっと浮かれてるんだよ。だって石田ゆり子さんと会うんだよ」

恋ダンスの振り付けを真似て体を揺らしながら、ゆららちゃんがそう言った。今さら説明するまでもなく、「逃げ恥」での土屋百合役が幅広い世代に大きな反響を呼んだ石田ゆり子さん、そのご本人が一緒だという、非現実的なシチュエーションにハンドルを握る僕の気分も少し高揚していた。

今回、保護犬との縁をつないでくれた石田ゆり子さんと雅姫さんは、著作やインスタグラムを通じて、お互いの価値観やセンスに共鳴しやりとりしていたものの、実際に会うのはこの日が初めてだ。今日はもう一人、雅姫さんの家の元保護犬のラブラドールレトリーバー、ヴォルスのトレーニングを担当しているドッグトレーナーの藤原先生も一緒だ。ヴォルスは複数の家で飼育放棄された経歴が物語るように度を越えたわんぱくでひと筋縄ではいかない。藤原先生がトレーニングを担当している。

長年にわたり犬と猫とずっと暮らしを共にしている石田ゆり子さんに、多頭飼のベテラン雅姫さん、そして生まれたときから兄妹のようにずっと犬と一緒のゆららちゃん、さらには雅姫さんが信頼するドッグトレーナーの先生という、これ以上ない、心強い助っ人立ち会いのもとに今日の出会いの場が実現したのだ。

保護シェルターのあるマンションの前で待っていると、ゆり子さんが運転する車がやってきた。ハンドルを握る姿はドラマ逃げ恥で演じた土屋百合そのままで、なんだか不思議な気分になった。

お互い、簡単に自己紹介だけすませてさっそくシェルターの中へ。いったいこの先、どんな出会いが待っているのやら、妙に緊張感が高まった僕は、外は寒いというのに汗ばんでいた。

玄関の扉をあけると、わーっとたくさんの子犬たちが尻尾をふりふり近づいてくる姿が目に飛び込んできた。マンションの室内に所狭しと並べられたケージやペット用クレート、そして床には防寒用のブランケットやタオルが敷き詰められている。突然やってきた来客に愛想をふりまくワンコもいれば、ぐーぐーといびきをかいて寝ている子、追いかけっこをしている子もいる。

どうぞと促され、みんなで靴を脱いでぞろぞろとあがると

「きゃー！かわいいねえー！」

雅姫さんもゆり子さんも、さっそく気になる子がいればひょいと抱き上げてはすりすりしたり、モフモフしたり。実におおらかにそしてやさしく、愛情たっぷりに子犬たちを愛でる。しかし、まったく犬に慣れていない僕はと言えば、いったいどうしていいのかがわからず、ただ、ただ、その様子を茫然と眺めるばかり。駆け回る子犬たちに圧倒されてしまったのだ。

すると、そんな慣れない様子を察して

「はい、この子がマロンちゃんですよー」

雅姫さんが紫色の首輪をしたその子を手渡してくれた。大きな耳がぺろんと垂れて小さな瞳。

全体に灰色で、お腹にはぜんぜん毛がなくてつるんとして、ぽっこり丸くて。生まれてはじめて触る子犬にどぎまぎしながら、まるでガラスでできたお人形を抱くように、そーっとそーっと、壊れないようにと気をつけながらマロンを胸に抱えた。

子犬の体温がじわじわと伝わってきて、なんだかもうそれだけで胸がいっぱいになる。鼻を近づけて息を吸い込むと香ばしいような、懐かしいような犬のにおいがした。

思えば福井の実家ではずっと小さな柴犬を飼っていた。当時は今と違って「犬は外で飼うもの」という常識があって、うちの犬は外で鎖に繋がれていた。父親が知り合いのブリーダーから譲り受けたその犬は「紅駒姫」という大仰な名前がついていたがみんな「コマ」と呼んでいた。父親はコマが大好きで溺愛していたけれど、母はコマが嫌いだった。世話をしながらもいつもぶつぶつと文句を言っていた。なぜ母は犬が嫌いだったのだろう。犬の話をすると嫌な顔をした思い出だけが強く残っている。だからだろうか、僕は犬を通じて家族がひとつになったり、愛情や癒しを与えてくれるというイメージがなかった。

胸にマロンの重さを感じながら、この子がうちの子になるのかなあ、と考えてみる。

しかしなぜか全然現実味を帯びない。いや、正直にいうとマロンにする決定的な理由が見つからないのだ。僕は、ここに足を運ぶにあたって、希望の犬種も、色も、サイズもなかった。真っさらな白紙の状態でやってきたのだ。だから、マロンでもいいんだけど、マロンじゃないとダメということもない。この先10年以上、ずっと生活をともにする家族を選ぶと考えると、そんな理由からか、つい二の足を踏んでしまったのである。

ふーっと大きく息を吐いて、少し冷静になって見回すとほかにもかわいいワンコたちがたくさん。おなじ周南市の緑地公園で保護された、同一の群れ、兄弟姉妹、親戚なわけだから顔も形もみなそっくりだ。周南市の緑地公園には約２０００頭の野犬がいると言われ社会問題となっている。そんななか熱心なボランティア団体や個人が保護活動を続けた結果２０１９年度に８４１頭だった野犬の捕獲数は22年度には４７３頭にまで減少した。これまで野犬は懐かないと言われ譲渡がなかなか進まない問題もあったが、地域の保護団体による心のこもった飼育環境の整備などにより、最近はこうして全国の希望者へ譲渡される機会も多くなっているのだ。

僕が編集者として初めて女性誌に関わったときに一番に苦労したのは「感覚で動く」ということだった。スタイリストが集めてきた洋服やアクセサリーを見て、女性スタッフ達はみなす

かさず
「かわいいーーーー!!」

と、反応する。しかし、どうしても僕はこの「かわいいーーー!!」に乗り切れないのである。ついついかわいい理由を探してしまうのだ。理由を探して、それが腹落ちしてはじめて「ああ、かわいいよね」と控えめに反応できるのだ。だから、いったいどうしたら、あんな風に気持ちと表現を直結できるようになるのか？　ずいぶんと悩んだ。そして、今もまた、感情だけに突き動かされることを心が拒否しているのがわかった。かわいい理由をさぐり、マロンがうちにくる必然性を模索していた。

「そうだ！息子にも見せないと」

一旦気持ちを切り替えるために息子にLINEを送ることにした。片手をあわあわとポケットに突っ込んでスマホを引っ張り出して写真を撮ると「どう?」と言葉を添えて送信した。

それからしばらくは、ほかの子犬たちをいろいろ見てみたり、隣の部屋にいる保護猫たちを見せてもらったりして時間を過ごしたが、そうこうしているときも頭の中はマロン?ほかの子？という感じでどの子にするかで頭がいっぱいだった。そして、なかなか結論がでないまま、少し焦りを感じていた。ひとりだけ汗びっしょりだ。

「こばへん、どうするの？マロンにする？」

ゆららちゃんからも尋ねられるが、うーんと唸るばかりでなぜか言葉がでなかった。

そんなとき、ゆり子さんがシェルターの係りの人に尋ねた。

「アンズは最近どうですか？元気にしていますか？」

「アンズはねえ、あいかわらずよ。誰が訪ねて来ても、全然出てこないの」

そう言った視線の先にあるクレートの奥には小さくまるまった茶色い塊が見えた。

ゆららちゃんがすばやくその言葉に反応して、クレートの奥をのぞき込んで、アンズと名付けられた子犬に呼びかける。

「おーいアンズ、出てこーい」

しかし、どうしても外に出たくないようでクレートの中で足を踏ん張っている。なかなかに頑固そうだ。

「この子はこうやって、いつも隠れているから、里親を希望する人たちにもぜんぜん気付いてもらえないの」

ようやくあきらめたように、われわれの前に姿を見せたアンズは、ほかのどの子犬よりもひと回り、いやふた回りは大きい。

「はーい、わたしがアンズです!!」

ゆららちゃんが両手をバンザイのような形で持ちあげてみせた。

灰色の子犬が多い中で、アンズはその名の通り、杏のようなオレンジ色で背中だけが黒くて硬い毛で覆われてイノシシの赤ちゃん風だ。胸元はハート柄に、前足はハイソックスを履いたように白く、今まで見たどの子犬よりも太くて大きい。踏ん張ってぱーっと広げた指は子どもの手のひらほどもあった。そしてなによりも印象的なのはその悲しげな目だ。困ったような上目遣いの表情で、静かに静かにこちらをうかがっている。片方だけ折れた耳とその表情が実際よりもずっとアンズを寂しげに見せていた。アンズは暴れもしないし、鳴きもしない。抱え上げられた姿のまま、ただただ静かだった。

「アンズは誰にも気付いてもらえないうちに、どんどん大きくなっちゃって。もうね、ここまで大きくなると、この子を家族に迎え入れてくれる人は現れないと思う」

家族に迎えるならどうしたってかわいい子犬の方がいいに決まっている。実際僕もそう思ってここにやってきた。だからペットショップでは買い手が見つからなくて大きくなってしまった「売れ残り」が処分される。ものではなくて命なのに、ひどい話ではないか。こうした保護施設でも同じように、大きくなった犬は「売れ残る」傾向にあるのだ。

シェルターの人のその言葉を聞いて、ゆり子さんと雅姫さんの瞳にはうっすらと涙が滲んでいた。僕はアンズから目が離せなかった。

アンズを我が家へ

「ほいっ」とゆららちゃんから手渡されたアンズは見た目よりずっしりと重かった。これは子犬ではないよなあ、と内心思いながら、そーっとそのアンズ色の背中を撫でると、怖くてブルブルと震えていた。

「怖くない、怖くないからね」

声にもならない声を出しながら撫で続ける。頭の奥の方で「この子はきっともう誰ももらい手がいない」という言葉が繰り返し繰り返し再生された。

じーっとアンズの顔を見ると、それは僕が知っている「子犬の顔」とはずいぶんと違って見えた。なんだかしわしわのおじいさんみたいだ。それにこの中途半端に折れた耳はなんだろう。でも、なんというか、放って置けない目をするのだ。腕の中で震えるアンズの温もりを感じながら、これはもううちで飼うしかないのではないか、そんな使命感にも似た感情が沸き起こってくるのがわかった。僕が一番必要としていた「この子に決める理由」をアンズの中に見つけたのだ。

そうだアンズのことも息子に知らせておかないと。

「この犬、もう飼い主が見つからないかもしれないんだって。だったらうちで飼ってあげてもいいかとも思うんだけど。どう思う？」という言葉を添えて急いでＬＩＮＥする。

「え？マロンじゃなかったの？」息子からはすぐに返事が来た。

後から聞いて知ったのだが、息子はこのとき「どう思う？って聞かれて自分の意見を言ったところで、お父さんはもうなにを言っても聞かないだろう。きっとアンズに決めるだろう」と思っていたそうだ。そして、まんまとその通りになるわけだけれど、しかし、そんなに自分は家族の意見を聞かずにこれまで生きてきたのか、と思うとちょっと胸が痛い。

もう一度しげしげとアンズの顔を眺める。なんかちょっと愛嬌があって、これはこれでかわいいのではないか？そんな気もしてきた。

僕の気持ちを察したのだろうか、周りのみんなが口々に

「うん、アンズけっこうかわいいよ」

「この子すごくかわいい。美人さんになるよ」

「そうね、こばへん、アンズどう？」

アンズの里親になってー！という柔らかなプレッシャー。

アンズと僕らは家族になれるだろうか。薫とうまくやっていけるだろうか。そんな思いをドッグトレーナーの藤原先生にぶつけてみた。

「ずっとこの子の様子を観察してましたが、元気いっぱいなほかの子らと明らかに様子が違います。家庭的な犬に成長する可能性が高いので、ご病気の奥様の良いパートナーになりそう」

藤原先生は保護活動にも熱心でもともと「初めて犬を飼うなら子犬ではなく、人慣れしている保護犬が絶対おすすめ」という意見の持ち主だ。犬を飼って数年経った今ならその言葉が痛いほどよくわかる。飼ってみればわかるが、子犬が成長するスピードは驚くほど早い。生まれたての子犬は確かにかわいいけれど、その時期はほんの一瞬。あっという間に大きくなる。そして成犬になってからの時間のほうが圧倒的に長いのだ。それに愛らしい子犬の時期はいたずらも多く、もっとも手間が掛かる。きちんとしつけが済んだ成犬ならそんな苦労もなくスムーズに家族の一員になれるから、犬を飼った経験がない人ならば絶対にそちらがおすすめなのだ。

この藤原先生のアドバイスが後押しとなり、僕はアンズを家族に迎え入れることに決めたのだった。でも、正直に言えば、かわいそうな、もらい手のみつからない子犬を引き取る自分になりたかった、というのもあったかもしれない。

犬であろうと猫であろうと、人は動物を飼おうとするとき「縁」ということばをよく口にする。「縁」とは偶然なのか必然なのか。「縁」とはいったいなんだろう。偶然もたらされたタイミングと、それを「縁」と直感するための状況の必然性。この両方がぴたっとパズルのピースのようにはまったとき、人はそれを縁と感じるのではないだろうか。そう考えるとやはりアンズと僕ら家族には縁があったのだろう。

しかし、一匹がこうして選ばれるということは、別の選ばれなかった「犬の人生」もまた存在してしまうということになる。実際、僕が当初気にかけていたマロンはその後ずいぶんと里親さんが決まらなかったと聞いた。決まっていないという連絡を受けるたび、心が痛んだ。でもご心配なく、その後、ひと月ほどしてマロンも素敵な里親さんとの「縁」があり、今はとても幸せな「犬の人生」を歩んでいる。

アンズを引き取ることをシェルターの人に告げると、一瞬、困ったような顔をしたけれど「よかったねえ!!」とすぐに喜んでくれた。というのも譲渡の書類は事前にマロンで用意してあったのだ。

「お手数をかけてすみません」

アンズが小林家の一員になることを雅姫さんもゆり子さんも、そこにいるみんなが心から祝福してくれた。すでに一回目のワクチンは接種しているということだったが、帰りに雅姫さんの愛犬たちがお世話になっている獣医さんに健康診断だけしてもらうことにした。

シェルターを出たときにはもうあたりは真っ暗だった。急がないと閉院時間に間に合わない。

「落ち着いたらまたみんなで会いましょうね」

ゆり子さんとはそう約束をしてここでお別れ。車に乗り込んで獣医さんへ急いだ。アンズはトートバッグに入れて後部座席のゆららちゃんが抱っこしている。

「ぜんぜん、動かないよ。おとなしいねえアンズは」

車内に犬がいることを感じさせないくらいアンズはおとなしく、気配を消していた。こうして気配を消すことで厳しい野犬生活を送っていたアンズの先祖たちは捕獲者たちの目を潜り抜けてきたのだろうか。そんな想像を巡らせた。

年末で道路が混んでいたために閉院時間を少しオーバーしてしまったが、事情を知って獣医の先生はわれわれが到着するのを待っていてくれた。保護犬の活動に共感してくれる人はどの人もみな優しさにあふれている。

診察台に乗せられると恐怖から暴れる犬が多いというが、アンズはそんな様子もなく、ただなすがまま。困った顔でこちらを見上げているだけで、肛門に体温計を挿されたときも、四肢の関節を曲げ伸ばしするときも、ほとんど嫌がるそぶりを見せなかった。体重は7キロもあった。小型犬なら成犬の大きさだ。

「足が太いねえ。この子は大きくなりそうですよ。そして、ほら、これ狼爪《ろうそう》です」

先生が優しく触れたアンズの後ろ足には狼爪とよばれる、野性の原種に見られる親指の痕跡指があった。これは生まれつきない犬が多く、ある場合も子犬のときにブリーダーが切除することが多いらしい。アンズが野犬出身であることの証だろうか、ぷらぷらしている指の先にはちゃんと鍵爪があって、ちょっとかわいい。しかし、生まれて推定3ヶ月でこの大きさということは成犬になったらどれくらいの大きさになるのか。ちょっと心配になった。

健康診断の結果は良好。さあ、家に帰ろう。薫やつむぎはいったいどんな反応をするだろう。胸の高鳴りを抑えつつ家に向かって車を走らせた。

小さなクレートの中で折り重なって眠る子犬たち。手前の白手袋がアンズ

石田ゆり子さんと雅姫さんに抱えられたアンズ。あの有名な1950年頃FBIによって捕らえられた宇宙人の写真みたいだ

なすがままだがすでに顔が困っている

アンズから福へ

「ただいま！」

マンションのドアを勢いよく開け、いつもより大きな声で言う。抱えていたトートバッグを床にそっと置くと、アンズが恐る恐る顔をのぞかせた。

「え⁇なに⁇これどうしたの‼」

玄関に一番近い部屋にいたつむぎが驚いて大きな声をだした。その声に反応して、まず事態を把握しているときおが、そして、騒ぎに気づいた薫がリビング奥の寝室から這うようにして玄関にやってきた。

「え‼」

「なに、どうしたの⁇」

「なに？犬？犬飼うの？」

想定外の事態を飲み込めない薫は大きな目を白黒させると

「あははははは」

急に大声で笑い出した。つられるように子ども達もみな大声で笑った。少し緊張していた僕は薫の笑いに救われて安堵した。そのまま、玄関にみんなでしゃがみ込んで、アンズを眺める。

「ねえ、抱っこしていい？」

つむぎがアンズをそっと抱えると、不思議と安心した様子で体をつむぎにあずけた。足の間にすっぽりとおさまり、そっと顔をあげオドオドと周囲を見回している。

「かわいいねえ、この子は男の子？女の子？」

薫が聞いた。

「女の子だよ。雑種の女の子。山口県で保護されたんだって。そのままだと殺処分になってしまうから、誰か大切にしてくれる家族を探していたんだ。だから、うちでこの子を引き取ろうかと思ってね」

「うん、いいね！いいね！」

薫はすぐに賛成してくれた。

「ほら、ちょうど薫の誕生日でもあるし、いつか犬を飼いたいねって言ってたでしょ。だからそれは今じゃないかなと思って」

黙って犬を連れてきてしまったバツの悪さを隠すように伝えた。

そんな会話を聞いていたのだろうか、アンズはするっとつむぎの足の間から飛び出すと、そのまま廊下の右にあるつむぎの部屋に入っていった。

「あれ？この子つむぎのことが気にいったのかな？」

つむぎの部屋のピアノの下に入ったアンズはおすわりの姿勢のままじっと固まっていた。新しい環境できっと落ち着かないのだろう。少しでも緊張をほぐしてあげたくて、シェルターで使っていた古タオルとおもちゃをそっとそばにおいた。お腹もきっと空いているだろうと思い、新鮮な水と獣医さんでもらったドッグフードを適当な器に少しだけ入れて置いた。

家族4人揃って床に座り込み、固唾をのんで、じっとアンズを見つめる。初めて見る人たちに囲まれてジロジロ見られていては、あまりの恐怖にリラックスもできないだろう。

「置き物みたいに固まってるよね。それになんでこんな悲しそうな顔してるの？」

薫が興味津々に身を乗り出してアンズをしげしげと眺めている。そして
「生い立ちを教えて？」と聞いた。

「この子は山口県の周南市の公園で保護された子犬たちの中の一匹で、そのままだと12月11日に殺処分されてしまうところだったんだよ。インスタグラムを通じてそれを知った石田ゆり子さんや雅姫さんが里親になってくれる人を探していたの」

「そうなんだ、だから悲しそうな顔してるのかな? でもかわいいねえ」

そーっと手を伸ばしてアンズの背中に手を添える薫。少しだけビクッとしたけれどアンズは動かずにじっとその手を受け入れる。ゆっくり、ゆっくりと背中を撫でる。つらかったね、こわかったね、そんな思いを伝えるように。

アンズにとってとても今日は疲れた1日だったに違いない。見慣れない人間に終始囲まれて、とつかえひっかえ抱っこされた上に、車に揺られて、病院ではあちこち触られて心身ともにくただろう。その証拠に警戒心をとかないままピアノの下で震えて固まっていたアンズが、次第にうつら、うつらとし始めた。ときどきガクンと頭がゆれて、その途端、我に返ったようにはっと目を覚ます。まるで授業中に居眠りを我慢している小学生のようだ。

笑いをこらえながら、みんなでその様子を眺める。薫もときおもつむぎもみんな優しい顔になっている。僕は温かいものがじわりと心の中にわきあがってくるのを感じていた。

「名前はどうするの？」

　ときおが聞いた。

「うん、さっき運転しながらずっと考えてたんだけど、福はどうだろう。小林家に福がやってくるように福と名付けようと思う」

　みんな、黙ってうなずいた。幸せ、幸運、運がいいこと。僕らは神様から福を授かったのだ、そう思った。福よ、これから小林家に幸せを運んでおくれ。

　僕らはいつまでもみんなで飽きることなく福の様子を眺めた。２０１６年の年末。夜が静かにふけていった。

ようこそ小林家へ。これからたくさん思い出をつくろうね。福を
ただ眺めているだけで心がほかほかになるから不思議だね

困り顔の新しい家族

新しい家族ができたという喜びと興奮からか翌朝はいつもより早く目が覚めた。

福はあれからしばらく、つむぎの部屋のクローゼットの中で静かに眠っていたのだが、明け方になると、こっそりクローゼットを抜けだしたようだ。そして、全く見知らぬ環境のなかで唯一信頼できるのはこの人と心に決めたのか、つむぎが眠るベッドにそっと近づくと、音もなくひょいと飛び乗った。

落ち着かない様子でしばらくはもぞもぞしていたが、そのうち足下にうずくまると、くるっとアンモナイトのように丸くなり静かに寝息をたてた。「ここなら安心だ」そう思ったに違いない。この日以来、福はつむぎのことをまるで姉妹のように慕うようになった。

一方で僕に対しては泣けるくらいさっぱりの反応だった。朝、はりきって福を出迎えにいっても、目を合わせるどころか捕まえられないように一定の距離を保ち、すぐ逃げだせる姿勢をくずさない。もう警戒感が全身から漂っている。なんとか部屋の隅にいる福に触れようとしてそっと腰をかがめると足下からするりと逃げていく。しまった！と思っても追いかければパニックになってしまうだろうから深追いはできない。触れ合いたいという「気」が僕の頭のてっぺんから足の先まで、溢れ出ていたに違いない。

「これは先が思いやられるなあ」そう思うと、少し気が重くなったけど、ここで諦めるわけにはいかないのだ。

まだワクチンや狂犬病の予防接種が終わっていないから散歩に行くことはできない。けれど、「ずっと四方を壁に囲われた環境に閉じ込められていた福には社会化のためのプロセスが必須」だと藤原先生が言っていた。犬にとって通常生後一週間から3ヶ月くらいの間が社会化期と呼ばれる。この間に物音や匂いなどさまざまな外界の刺激を受け、外の世界を知ることがその後の犬の性格を大きく左右する。車、騒音、人、犬、さまざまなものと出会う機会がないと、ずっと怖がりで臆病な犬になってしまうのだ。一説にはこのときに100人以上の人に会わせなければ人見知りな犬になってしまうとか。それが本当かどうかはわからないが、福の様子からみて社会化プロセスを経ていないのは確実だ。しかも福の場合はおそらくこの体格からして、すでに社会化のタイミングを逃しているのではないかと思われる。大切な時期に閉じ込められていたので、もはや手遅れかもしれない。

だけど少しでも順応してもらうために、今日からさっそく抱っこして外を歩く予定だった。

なのに一向に僕には指一本触れさせてくれないのである。

「お願いだから首輪をつけさせてー（泣）」

そんな言葉が通じるはずもない。

しかたがないので、唯一心をゆるしているつむぎにお願いして福を捕まえてもらうことにする。

「ごめん、散歩に行きたいんだけど触らせてくれなくて。申し訳ないけど首輪つけてもらっていい？」

「オッケー。散歩も一緒に行こっか？」

なんと散歩にも付き合ってくれるというではないか。ありがたい。実はちょっとひとりでは不安だったのだ。つむぎはひょいっと福を抱えてトートバッグの中に。あんなに僕が苦労したのが嘘のようだ。

トートバッグの中で丸くなり、ぶるぶると震える福を担いで、つむぎとふたりで近所を歩く。

冬の東京は気温こそ低いけれど、真っ青な空には雲ひとつなく、乾いた空気がぴりりと気持ちいい。高校生になったつむぎとふたりで散歩するなんてことは、犬が家族にならなければきっとなかったに違いない。ちょっとだけうれしいような、くすぐったいような気持ちになった。

生活音に慣れさせるために、できるだけ車や人通りが多い通りを選んでゆっくりと歩いた。福はときどき、恐る恐るトートバッグから顔をのぞかせてあたりを不安そうに見回した。この世界は、いったいどんなふうに見えているんだろう。

大きな芝生のグラウンドと有名なアニメの美術館が敷地内にある公園まで歩いた。少しだけなら大丈夫だろうと、トートバッグに手をいれて福を抱えてそっと地面に下ろした。枯れた芝生に霜が降りている。今朝はこの冬一番の寒さだったらしい。

福はまるで人形のように固まったまま動かない。ぴくりとも動かない。リードを軽くひっぱってうながしてみても、太い足をうーんとばかりにふんばって断固動くことを拒否している。

こちらを見上げる目線は悲しげで、「困ります」という吹き出しをつけたくなるような、そんな顔だ。その顔をみて思わずつむぎと顔を見合わせて笑ってしまった。

しかし変な顔の犬だなあ。犬ってみんなこんな困った顔をしているのか？

それでも辛抱強く待っていると、そのうち鼻をヒクヒクと動かして、あたりのにおいを恐る恐る嗅ぎだした。この調子であたりを歩き出すことを期待したけれど、残念ながらそのまま腰を下ろして、今度こそ絶対動きませんよ！というようにそっぽをむいてしまった。

この公園は朝晩の散歩の時間になると、近隣の愛犬家たちがたくさん集まってくる。今日も周囲を見渡すと、カフェオレ色のトイプードルがゴム毬のように跳ね回ったり、いったいなんという犬だろう、まるで英国貴族の様な気品あふれる佇まいの足の長い大きな犬が、飼い主と歩調を合わせるようにリズミカルに歩いていた。いつかうちの福と一緒にこんなふうに公園の散歩を楽しめるときが来るのだろうか。そうだ、もう少し暖かくなったら、薫も連れてお弁当を作って公園に来よう。梅の木にまだ固いつぼみを見つけてそんなことを考えた。

ときどきトートバッグから顔をのぞかせて周囲の様子をうかがう。小さな物音にもびくびく。ゴーッと大きな車が通るとパニックになる

外が怖い

ワクチンが終わるまでしばらくの間はつむぎと福と僕とで毎日近所を散歩するのが日課になった。

おかげで、つむぎとは数年ぶりにいろんな話をすることができた。「福」という共通の話題ができたことで、こんなにも会話がはずむようになるものかと驚いた。もちろんこれまでも「家族」という共通のテーマはあったけれど、その中心にあるのは薫の病気というとても重いテーマであり、それを僕は意図的に避けていた。きっとみんなもそれに気づき、触れないように、でも実際の生活ではそれに直面しながら生きていたのだ。だからどうしても家族間の口数も少なくなっていた。

もちろんいいことばかりだったわけではない。最初に直面したのは「抜け毛」問題。これはちょっと僕らの想像を超えていた。特に人一倍きれい好きで、床に落ちる髪の毛一本、チリひとつをも許せない性格の薫にとっては、ただでさえ体が動かず、掃除もままならないコンディションにあって、抜け毛は大きな心の負担になっていた。でも、それがあってもなお、福の存在は僕たち家族の心を温め、距離をぐっと近づけてくれたことは間違いない。

ちなみに抜け毛についてはいろんな解決法を試してみた。掃除機も最新のサイクロン式にしたし、ロボット掃除機も導入した。あらゆる場所に粘着式の通称「コロコロ」を配置して気がついた人間はささっとコロコロするようにした。ソファにはリネンをかけて抜け毛が直接ソファにからみつくのを防止、もちろんリネンは日々交換、洗濯する。空気清浄機も導入して空気も循環させた。

一番大事なのはブラッシングだ。でも我が家はマンションだから外でブラッシングはできないので玄関で行った。このブラッシングも本当に福が嫌がって、すぐに逃げ出してしまうから一苦労だ。僕に触られることを福は嫌ったから、これは主に薫の仕事になった。薫は洗濯のついでにベランダに出て、慈しむように「福ちゃんかわいいねー、かわいいねー」と穏やかに声をかけながらブラッシングした。毎日、ブラッシングのたびに集める毛をまるめて、「ふふふ、これでぬいぐるみでも作ろうかな」と楽しそうに眺めていた。

一度、抜け毛対策に服を着せてはどうかと試みたことがあった。長袖のつなぎで赤ちゃんのロンパースみたいな服だ。伸縮性のある生地はブルーで襟元と袖口がレッド。着せるとなんだかスーパーマンの出で立ちのようになる。しかし、これを着せると、福はまるで固まったように動けなくなってしまった。拘束具を付けられていると思うのだろうか。あまりに窮屈そうで購入してすぐにこりゃダメだと判断。結構、高かったけどそのままタンスの奥にしまわれることになった。

結局のところ、犬を飼う以上は毎日、毎日掃除して、それでも「抜け毛」はなくなることはない。動物と生活をともにするとはつまり、そういうことなのである。

さて、あいかわらず外ではびびりまくり、僕にはさっぱり懐かない福だけれど、つむぎとの関係はいっそう親密になっていった。定位置はいつでもつむぎの足の間。リビングのソファにいるとき、福はつむぎの足の間に挟まってうっとりしていた。そのうちよだれをたらし、いびきをかき、夢をみているのか手足を小刻みにふるわせる。そんな様子を僕は羨ましく眺めながら、これからどうやって福を飼い犬として順応させていくかをずっと考えていた。

ワクチン接種も終わりそろそろ朝晩の散歩も始めなければならない時期になった。トイレはうちに来るときにはすでにペットシーツの上ですることを覚えていたので、散歩にいかなくとも粗相をすることはなかったが、このままずっと家の中で過ごさせるわけにはいかない。

それに僕には長年あたためていた夢があった。愛犬を連れて薫や子ども達と一緒にキャンプや釣りを楽しむことだ。

大学生の頃から僕はアウトドア雑誌の誌面にキャンプの達人みたいな位置づけでときどき登場していた。まあ、今で言うなら読者モデルということになるのだろうか。もっともモデルといっても容姿よりもアウトドアのスキルのほうが圧倒的に重要視される類の仕事だ。そのくらい僕の人生はアウトドアの遊びにまみれていた。釣りが好きすぎて大学の授業にも釣り場から直行。毎朝、日の出の頃から釣りをひたすら堪能して、その後、釣竿片手に登校して講義を受けて、終わったら急いでバイクで夕暮れの海に向かう。そんな毎日だった。

その頃に出会った薫とは当時からしょっちゅう一緒に釣りやキャンプに出かけた。デートといっても街ではなくて川や海。まあ、今考えればひどいことをしたものだなと思う。

フィールドに出かけると、愛犬を連れてアウトドアスポーツを楽しむ人たちをよく目にした。ロイヤルグリーンのレンジローバーの助手席にビーグル犬を乗せて、フライフィッシングを楽しんだり、ゴールデンレトリーバーを乗せたカナディアンカヌーを湖に浮かべたり。そんな遊びを嗜む大人たちを見るたびに、「いつか自分が犬を手に入れたら、大自然を思う存分楽しんでみたい」そんな思いを知らず知らずに募らせていった。森の中で静かに傍に寄り添う犬をなでながら、焚き火で沸かしたお湯でいれたコーヒーをすする。考えるだけでわくわくした。それなのに外が怖い犬ではどうしようもないではないか。

思いを胸に抱いて、やはりここはもうひと頑張りして、福を散歩に連れ出すことにした。したけれど、あいかわらず僕には触ることを許してくれない。リードをつなぐだけでてんやわんやの大騒ぎ。ようやくつないで、外にでるやいなや、まるで脱兎のごとく猛スピードで走りだし、逃走を試みようとする。もちろんリードにつながれているから、付いて行くだけでも一苦労。

「福‼ダメだよ！引っ張らないで！」

そんな言葉もむなしく響く。犬というのはリラックスしているとき、右に左にいったりきたり、あたりの匂いをかいだり、マーキングしたりしながら歩く。しかし、福は一目散に姿勢を低くして、まるで使役犬がソリを引くような姿勢でこちらをぐいぐいと引っ張った。小さいけれどがっちりとした筋肉質の福が引っ張る力は思いの外強い。こちらもリードを握る手を緩めないように必死だ。いったいどこに向かうのか？福自身がきっとわかっていない。目的は目の前の怖い現実からの逃亡だ。そう、これは散歩というより逃亡のようだった。

家に帰ってきたときには僕の方がぐったりと疲れ果てていた。家にあげるまえに濡らしたタオルで足を拭こうとしたら肉球にうっすらと血が滲んでいた。

「ごめんな、そんなに怖かったのか…。しかしこれからいったいどうしたらいいんだろう」

想像を超える福の怯え方に僕はすっかり途方に暮れていた。

買い物から帰ると福が見当たらない。大慌てで捜索すると、押し入れのキャンプ道具の中に潜んでいた

シェパード？ドーベルマン？ボクサー？散歩させているとそんなふうによく尋ねられた。ちょっと強そうにみえるね

はじめてのお風呂。不安になると額に「小」の字が現れる。これを小林家の紋章と呼んでいる

スーパーマンカラーのパジャマで抜け毛対策を試みたが、失敗に終わった

冬空の下で根くらべ

「外イコール怖いという福ちゃんの頭の中の思考回路を、外＝楽しいことが待っている場所、というふうに置き換えることが必要でしょうね」

ドッグトレーナーの藤原先生に相談するとそんな答えが返ってきた。藤原先生はドッグトレーナーとして活躍しながら、犬や猫の保護活動も熱心に行っている。野犬として生を受けその後保護された福のような生い立ちの性質も熟知しているプロ中のプロ。同じく保護犬として雅姫さんの家にやってきたチョコレート色のラブラドールレトリーバー、ヴォルスのトレーニングの先生でもある。ヴォルスは生まれつきやんちゃで、その激しい行動が手に負えないと何軒かの家をたらい回しにされたあげく飼い主不在の保護犬になった。それを見かねた雅姫さん一家が家族に迎え入れたのが2015年。しかし、まあ、確かに、そのいたずらたるや…。1歳半までは椅子、壁、スリッパなどなど自分の背が届く範囲のありとあらゆるものをかじっていたそうだ。そういえばいつかは缶をかじってこじあけて、中のお菓子を食べていたことがあった。それくらいなかなか天真爛漫な性格である。

実は保護犬ランキングの上位3犬種にラブラドールレトリーバーは入っている。一般的にはラブラドール＝「盲導犬」というイメージから、賢くて大人しいと思われがちだが、「盲導犬」は一般のラブラドールとは違うのだ。ラブラドール本来の性格は好奇心旺盛で、とってもいたずら好きな犬種だ。賢い犬というのは、つまりいたずらも激しいというのと同義である。フリスビードッグやアジリティ競技も得意な、もっとも賢い犬といわれるボーダーコリーはそんな理由から手に負えないと保健所に持ち込まれることが一番多いそうだ。身勝手な飼い主の犠牲になるのはいつも犬たちなのである。

果たして問題児だったヴォルスは、おおらかにその行動を見て見ぬふりでやりすごす雅姫さんの母性愛と、藤原先生の根気強いトレーニングによって、今はとてもおりこうさんになったのだ。（たぶん）

藤原先生の提案はこうだ。

「外でごはんを食べさせてみるのはどうでしょう。毎日外へ連れ出してごはんを食べるように習慣づけると、外＝おいしいものがもらえる場所という風になって、外嫌いが治る可能性があります」

つまり外＝怖い場所となっている福の思考回路を、外＝おいしいところ、うれしいところという風につなぎ変えることで恐怖心を取り除くというのだ。

果たしてそんなにうまくいくのだろうか。家の中ですら、まだまだ警戒心を解くことはなく、僕を見るだけで後退りして逃げていく福が、そう簡単に変わってくれるものだろうか。

しかし、迷っている時間すらもったいない。われわれ家族には時間がないのだ。さっそくその日から朝、夜とマンションの駐車場で福にごはんを与える「お外はたのしいよ」作戦を開始することにした。


まずは外に連れ出すためにリードをつなぐのにすったもんだの一苦労。あいかわらず僕がリードを手にするだけで、これから始まることを察知して逃げ回る。こうなるとひとりではなかなか難しい。薫やつむぎの協力を得てようやくリードをつなぎドッグフード片手にエレベーターに乗せるのだが、すでに怖さでブルブル震えている。普通の犬ならばドッグフードの匂いをかげば、尻尾を千切れんばかりに振り切って、くんくんくんと鼻をひくつかせて覆いかぶさってくるだろう。それがまったくもってこんな調子だ。

「はぁーーっ」と思わずため息が漏れてしまう。

気を取り直して、ぐいっとリードを引っ張って福を駐車場に連れ出す。外とはいってもマンションの敷地内で道路からは少し距離がある。しかし、通りを足早に歩く人影、走り去る車の排気音を聞くと恐怖に怯えているのがありありと感じられる。目の前にフードの入った容器を置いても一切目もくれない。とにかく現状から脱出する術を模索しているかのように落ち着かない。そのうち福は突然、マンションの周囲をあっちにうろうろ、こっちにうろうろ。同じルートをぐるぐる行ったり来たりと歩き出した。

これは動物園の動物たちにもよく見られる異常行動の一種で、ストレスのバロメーターと言われている。ノイローゼになった野生動物たちが起こす行動パターンである。福は苦手な外に連れ出されたことで過度なストレスを抱えて異常行動にでているのだ。なんとか空腹に負けてフードを食べてくれると良いのだが、一向に福の心は開かない。

犬に無理強いをして強いストレスをかけることは絶対に許されない。今ではそれがわかるけれど当時の僕は無知だった。

福がハッハッハッと呼吸するたびに白い息が広がる。1時間近くもこうしているとリードを持つ指先の感覚がだんだんとなくなっていく。しかし、ここで根負けして部屋に戻って餌をあげてしまえば、完全な逆効果になってしまう。外＝ストレス、家の中＝おいしいごはん、というわけだ。

そこで、寒風吹き荒ぶ冬空の下、1時間でも2時間でも、福との根くらべは続いた。恐る恐る、容器に近づいたり離れたり。じわりじわりと距離を詰め、鼻先で確かめる。あとひと息、そんなときに限ってスーツを着た会社帰りの男性が歩いてきたり、腹に響く様なディーゼルエンジン音を轟かせてトラックが走り去ったり。その度ごとに福は怯えてまた徘徊モードに戻ってしまう。そんなことをずっと繰り返していた。

うちの周りを歩いている人たちにはなんの非もないし、トラックだってただ道路を走り去っただけにすぎない。それなのに勝手なもので「もう、なんでこんな時間にここを通るんだよ！」と焦る気持ちが、つい僕を毒づかせるのだった。

そして、体が芯まで冷え切って「ダメだ、これ以上外にいたらこっちが体を壊してしまう」と諦めかけたまさにそのとき、カランカランとフードが容器を叩く音がした。そう、やっと福が口をつけてくれたのだった。

体から一気に力が抜けたようになった。

「えらいねー!!よーし!!えらかったね福!!」

あまりのうれしさから過剰なほどに褒めたため、ちょっと福は困惑気味。結局、完食はできず半分ほどフードを食べただけだったが、それでもこれは明日へつながる大きな一歩。そう信じることができた。

起きているのに眠そうな顔。まだ耳がピンと立つ前の福

歩かないぞ、という強い意志がみなぎる視線。額の「小」もふだんより力強く太い

深夜のお散歩

それからは外でごはんを食べさせる訓練の日々が続いた。しかし結果から言うとこの作戦は失敗に終わった。朝や夜といえども通りに人の気配や車の行き交う音が途切れることがなく、その度に福の意識は周辺に向かってしまう。僕が知る限り犬という生き物はおいしいものを前にすれば、必ずや意識はそこに注がれるというものだった。しかし、福は絶対的に「安全」を確信するまではどんなにおいしいおやつを鼻先に近づけても口を安易に使うことはなかった。根負けである。福の完勝。徒労感だけが残る苦い結果となった。

「外を歩くことだけが犬の幸せではないですから、福ちゃんには福ちゃんの幸せがあるのでそれをめざしましょう」

藤原先生からはそんな慰めの言葉をかけてもらった。

そうなのだ。その子にはその子の個性、性格、生き方、幸せが存在する。それをまるごと受けいれることからすべては始まるのだ。「子育てと同じだね。ほかの子ができることをうちの子ができないからといって、無理をさせちゃいけないよね」薫もそう言った。

頭ではわかっているのだが、しかし、どうしても僕は完全に諦めることができなかった。外でごはんを食べるトレーニングはやめても、散歩だけは少しずつでも続けてみようと思った。

とはいえ毎回福がストレスを感じるような散歩をさせるわけにはいかない。それでは逆効果だ。まずは散歩から可能な限りストレスの原因を取り除こう。福の目の前から苦手なものをできるだけ排除して散歩をしてみよう。そう思って、改めて福が嫌いなものをリストアップしてみることにした。

・人通り（特にスーツを着た男性）
・車の騒音
・トラックから下ろした荷を運ぶときの台車の音
・大勢の人が行き交うところ
・子どもの声

これを避けて歩くにはどうすればいいか。

まずは散歩ルートを練り直してみる。近所に防災を目的とした大きな公園が最近完成したのだがそこはペットOKで、のびのびと犬を走らせることができる。しかも朝の時間帯は人が少ない。よし、目的地はここにしよう。では、その公園を目指して歩くとして、できるだけ人通り、車が少ない道筋はあるのか?しかし、どうルートを選んでもコンビニエンスストアの前とバス通りを避けてそこにたどり着くことはできない。しかも通りはけっこうな交通量だ。

じゃあどうするか?だったらできるだけ人がいない、車がいない、子どもも出歩いていない時間帯に散歩をすればいいのではないか?そうだ、そうすればいいのだ。一筋の希望が見えた気がした。

こうして福と散歩に行くのはまだ夜が明ける前という小林家の新ルールができた。夜明け前ということは朝ではなくてつまり夜中。ミッドナイト散歩。人や車を避けて散歩をするにはこれしか選択肢はなかった。

明け方4時に目覚ましをかけてそっと布団から這い出す。さっき寝たところなのにもう起きる時間だ。家族を起こさないように、息を潜めてそっと防寒着に袖を通す。子ども達はぐっすり眠っているが、薬で眠る薫は時間によっては睡眠が浅くなっているから、できるだけ邪魔をしないようにしたい。

ニットキャップを被りアウトドア用のヘッドランプを頭につける。あいかわらず怯える福をそっと捕まえて首輪さらにハーネス、それぞれにリードを装着する。ハーネスには自転車用のライトを結わえて暗闇でも視認しやすくしてある。ダブルリードにしているのはまさかのすっぽ抜け防止のためだが、2本にすることで、歩行のコントロールもしやすくなるのだ。

リードを携えて夜道を歩く。漫画のキャラがすごいスピードで走るときに足をぐるぐる渦巻のように描いて表現するけれど、福はそのぐるぐる渦巻足でホイルスピンしながら逃げ出すように僕を引っ張る。それを2本のリードを右に左にひいてコントロール。スタントカイトの要領でバランスをとりながら散歩をはじめる。さすがにまだ深夜の時間だから、車も人もほとんどいない。最初はパニック状態に見えた福も、少し落ち着きを取り戻したようだ。

これはけっこういけるかもしれない。よし、と密かに自信を深めながら防災公園を目指した。

途中のコンビニには仕事を終えたタクシードライバー達が外に設置された灰皿を囲んでタバ

コをくゆらせていた。「なんだよこんな夜中に。タバコなんか吸ってるなよ。犬が怖がるじゃないかっ！」まったくもって自分勝手な理由だけど、そんな心持ちで、駆け足で逃げるようにその場をやり過ごす。

福は怖さからか、歩きながらうんちをぼろぼろとこぼした。それをヘッドランプで照らして見落とさないようにエチケット袋で拾いながらさらに歩く。

まだ眠りから覚めていないバス通りも足早に通り過ぎ、ようやく目指す公園にたどり着いた。なだらかな丘の上、周辺より一段高くなった古墳のような形状の公園。もちろんこの時間だから誰もいない。もう一本持ってきていた10メートルのロングリードをハーネスに結んで解き放つと、福は恐る恐る、鼻先で枯れた芝を確かめるようにつついた。しばらくはそのまま動かずに様子を見ていたが、僕がゆっくりと走り出すと、それに反応するように福も走り出した。

速度を上げる。福も離されまいとスピードを上げてくる。そのうちリードを手にした僕を中心に円を描くように走り出した。楽しいのか、逃げ出したいのかわからないけれど、とにかく力の限り走っている。

息が上がりそうになったけれど、なんだか楽しい。犬と一緒に夜明け前の公園を全力で走るなんてちょっと馬鹿げていて笑いがこみ上げてくる。

気がつくと月明かりでうっすらと福と僕の影ができていた。月の明るさを自分の暮らすこの街でこんなにも感じたことはなかった。まだ夜明けまでには時間がある。それからも僕と福は飽きることなく何周も何周も公園を走った。

東の空が赤く染まる。いつも住んでいる街が息を呑むような美しさをみせてくれる。
福と一緒のごほうびタイム

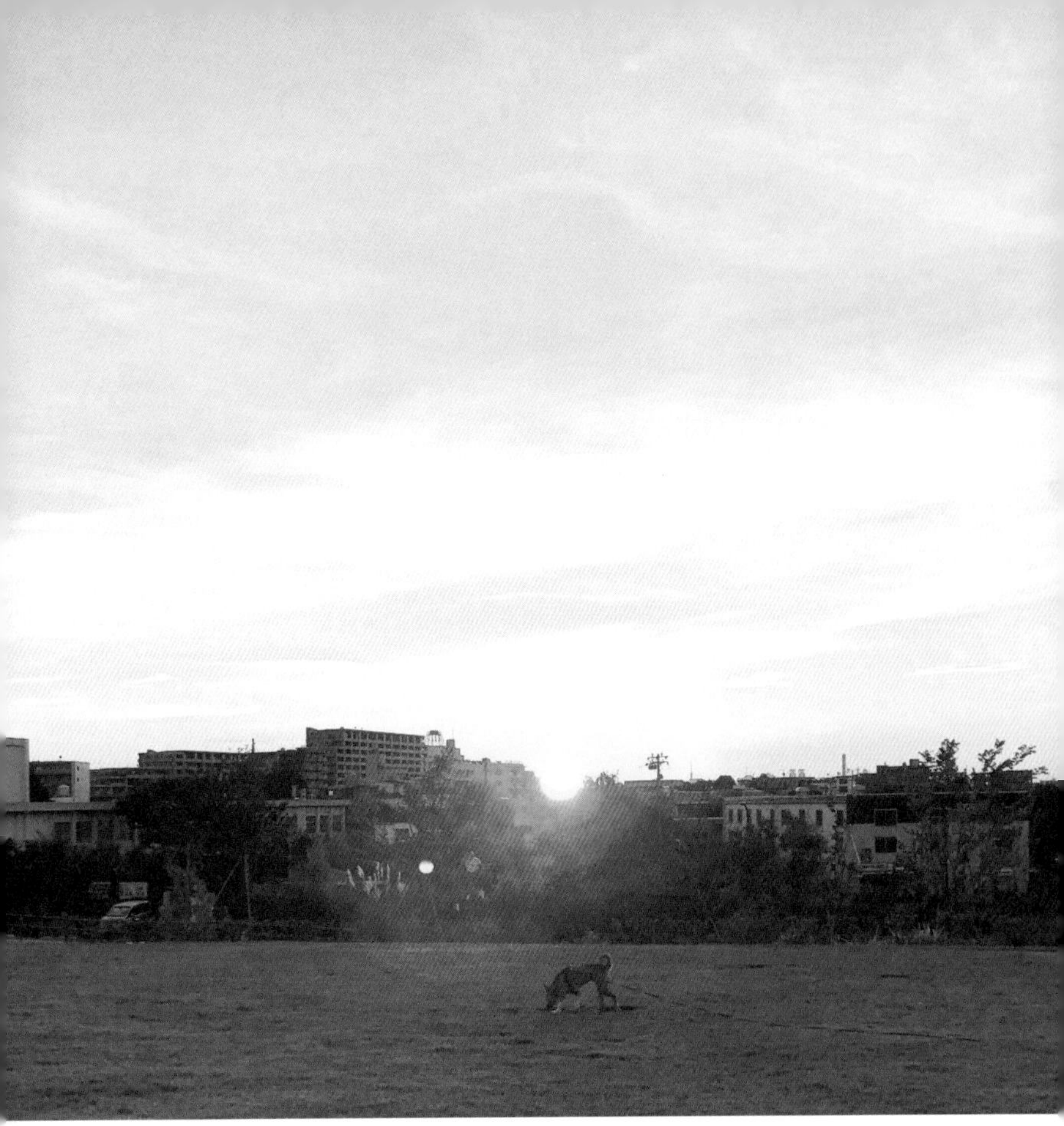

朝日が輝く日も、土砂降りの雨の日も、１日も休まず散歩に出かけようと心に決めたのだ

ペッカとキップル

ぎくしゃくしていた家族関係の中でなんとか踏ん張ろうとして息が詰まりそうになっていた僕の生活にもゆっくりと変化が訪れていた。（もっとも僕なんかより病気と闘っている本人が一番大変なのはいうまでもないのだけれど…）

保護犬を迎え入れたことをインスタグラムで報告すると、それを見てくれた犬好きの友人たちからひさしぶりに連絡が届いた。

「みんなで一緒にドッグランに行きませんか？」

そう声をかけてくれたのは料理研究家の桑原奈津子さんご夫婦とイラストレーターの平澤まりこさんだ。ふたりとも僕が雑誌天然生活を創刊した頃にずいぶんと助けてもらった人たちだ。桑原さんは沖縄で保護された雑種キップルを、平澤さんは与論島からペッカを家族に迎え入れている保護犬飼いの先輩でもある。インスタグラムのメッセージを通してなかなか心を開いてくれない福のことを話すと、すぐに理解してくれて、ぜひみんなでお散歩をしましょうという運びとなった。

ずいぶん僕にも慣れてきたとはいえ、まだまだひとりで福を連れての外出は不安だったので、娘に助っ人をお願いした。リードをつなげるのも、車の助手席に乗せるのも、娘がいなければままならない。娘にはバイト代としておこづかいをあげることにして、休日を1日僕のために使ってもらった。

僕が天然生活とは違う雑誌を作る出版社に移籍したこともあり、桑原さんも平澤さんもこうして会うのは本当にひさしぶりだった。

桑原家の玄関に続く小道を歩いて呼び鈴を押す。

「わーー、ひさしぶりですねえ!!」

以前と変わらぬ笑顔で迎えてくれた桑原さん。リビングをそっとのぞくと、クッションの上にキップルがくるっとまるまっていた。そのかたわらにはペッカ。すでに平澤さんも到着しているようだ。

はじめて会うキップルとペッカに福は緊張気味。できればすぐに逃げ出したいような体勢で身構えていた。

桑原さん家のキップルは当時10歳。犬が飼える戸建てに越したことをきっかけに里親募集のｗｅｂサイトを毎日のぞいて出会ったのがキップルだ。クリッと黒い瞳にピンクの鼻。真っ白でころっとしたからだをひょこひょこと揺すりながら歩く。桑原さんの著書『パンといっぴき』（パイインターナショナル刊）シリーズでは朝食の準備がはじまるとテーブルに寄ってくるキップルの愛らしい姿が大人気だ。とても穏やかな性格で見知らぬ福が近づいてきても吠えることも唸ることもなくいたって平常運転。素知らぬ顔だ。恐る恐る近づく福のこともまるで視界に入っていないかのようなそぶりを見せる。

かたやペッカは当時5歳。俊敏な小鹿のようなくりくり目玉にまつ毛が長い美人顔。与論島で保護されていたところを平澤さんが里親サイトを通じて引取りの名乗りをあげた。今ではすっかり人懐っこいペッカだけれど、最初はなかなか人馴れしなかったそうで、怯える福のことも「ああそうだよね、保護犬はそうなんだよね」とやさしく理解してくださる。

犬たちというのは不思議だ。最初はお互いに興味をもって、あるいは敵意がないか確認するようにお互いを意識し、さりげなく近づいて匂いを嗅いだりするが、問題ないと判断すると途端にまるで興味がないように知らん顔になる。キップルとペッカはもちろん旧知の仲だがそれでもベタベタすることもなく、お互いに一定の距離をとってドッグベッドの上でくつろいでいる。福は初めての経験で落ち着かないようで、つむぎの足の間にぎゅーっと体を押し込めている。まるで避難するかのように。

福の緊張を解こうと桑原さんがとっておきの砂肝のおやつを手にして犬たちの前に現れた。キップルの大好物だそうで、ふだんはおっとりおとなしいキップルが尻尾を立てて待ち構えている。ペッカも砂肝を逃すまいと瞳は桑原さんの右手に釘づけだ。福はほしいのか、ほしくないのか、チラ見はしても決して近づいていこうとはしなかった。それでも、ペッカやキップルがおいしそうに砂肝を食べるのをみて、恐る恐るではあるけれど、桑原さんの右手に鼻先を近づけ匂いを確認すると、そーっと一口。

「あ!食べた!」

と、思った次の瞬間ぺっと吐き出した。やれやれ、本当に用心深い。福はなかなか食べ物で釣ることができない。もっと食いしん坊ならたいがいのことはおいしいご褒美でなんとかできてしまうだろう。しかし、福は食欲よりも警戒心が優先する。やはり「野生の子」なのだ。それがおなじ保護犬でも「野犬」とそれ以外の保護犬の違いなのかもしれない。厳しい生存競争を生き抜いてきたDNAが体に息づいているのがわかる。

ひさしぶりにお会いした桑原さん、平澤さんとの犬談義は尽きることはなかった。おふたりとも犬とともにある生活のすばらしさを心から感じている。そして、もしかしたら殺処分になっていたかもしれない保護犬がこんなにも人の心を癒し、豊かにしてくれることを、ひとりでも多くの人に知ってもらいたいと強く思っていた。

「いつだったかお散歩にいったときに、この子は何犬ですか?と犬種を聞かれたことがあって。そのときに雑種です。と答えたら、『かわいそうに』と言われたんですよ。なんで雑種がかわいそうなんですか。そんなことないですよね。だから私は保護犬、雑種犬の素晴らしさをみんなに伝える機会がほしいとずっと思ってるんです」

そう桑原さんは言った。いつか、みんなで保護犬の素晴らしさを知ってもらえるような本を作れたらいいですね!そんな夢を静かにしかし熱く語り合ったのだった。

その後、桑原さんの家から歩いていける公園のドッグランまでみんなで歩いた。まだ寒い季節だったせいもあり、僕たち以外、ほかの犬はいなかった。ペッカとキップルはまるで水を得た魚のように縦横無尽にドッグランを駆け抜けた。それを横目に福はほとんど足元でじっとしていた。いつかこうして、無邪気にドッグランを駆け抜ける日が来るといいなあ、そんな想像をしていると、春が少しだけ近づいてきた匂いがした。

右がキップル、左がペッカ。新入りの福がなぜか一番態度がデカく見える

父と娘の関係

福が来てから、娘との関係も大きく変化した。大学への進学を前にした年頃の女子高生だったつむぎは、3つ上の兄ときおとは違って、自分から声をあげて主張したり、積極的に話すことがない、どちらかといえばおとなしい性格の子だった。ときおは高校の進路を決めるときも、大学のときも、そして将来のビジョンなどあらゆる相談ごとを、すべて本人からもちかけてくれた。だから僕はそれに応えることで父親としての役割を果たせているように思っていた。ところがつむぎは、待っているだけでは一切なにも話しかけてはくれない。それどころか薫の容態がおもわしくなくなった頃からは、家にいるときはほとんど部屋にこもるようになってしまい、僕とは会話らしい会話がなかった。ただ、朝、お弁当を作って手渡せば「ありがとう」と素直に言うし、こちらから質問すればちゃんと答えてくれた。だから、結局それは僕がもう一歩、彼女の心に踏み込んで、関わろうとしなかったことに起因していたのだろう。

しかし、福が来てからというもの、顔を合わせての会話はもとより、離れていてもしょっちゅうＬＩＮＥでやりとりするようになった。それどころか、お互いの予定を相互に把握して、日常の世話の役割分担を行い、休日には公園やドッグランに一緒に出かけるようになった。正直、福をコントロールするにはつむぎの存在が不可欠で、彼女なしではなにひとつできなかったということでもあるのだが、嫌な顔ひとつせず、かいがいしく福の世話をした。

　ある日、ワクチンを接種するために行った動物病院の帰りに、犬も一緒に連れて入れるドッグカフェに立ち寄った。ローテーブルの前に据えられたソファがどれも色や形が違っていて、どこに座ろうか席選びだけで目移りしてしまうおしゃれな店内だ。席の半分ほどがうまっていたが犬連れのお客はほとんどいなかった。

　娘が小学生のときは、よくふたりででかけて、チョコレートパフェとか、いかにも女の子が好きそうなものを食べさせて点数を稼いだものだが、年頃になってからはこうして一緒にカフェに入ることなんてなかった。お腹が空いているというので、ナスのトマトソースパスタと、ラテアートがかわいいカフェラテを頼む。愛犬家が多い店だけあって犬用のメニューもあるのに驚いた。もっとも福は慣れない環境に怯えているから、きっとどんなに素敵なメニューを目の前にしても口をつけることはないだろうと思い、注文はしなかった。

福が暴れないようにひとりがしっかりと抱っこしてなだめているあいだに、もうひとりが食べる。ランチを食べるだけでもチームワークが必要だ。でも犬連れでカフェにいると、自分たちが犬を家族に迎えたという実感がじわじわと湧いてくるのがわかった。

料理を口に運びながら、つむぎがはじめて薬学部を志した理由を教えてくれた。娘なりに母親のためになにかできることがないか、心を痛めて考え抜いた結果だったのだ。もともとそんなに勉強が好きではない彼女が、薫のがんが再発してから人知れず猛勉強を始めた。そんなことにすら気づかないなんて、本当にダメな父親だ。自分だけが頑張っているなんて思い上がりも甚だしい。

僕と娘の関係性の変化を誰よりも喜んでいたのが薫だった。

「つむぎはああ見えて気難しいところがあるから。こばちゃん（薫は僕をこう呼んでいた）とつむぎが仲良くなって本当によかった、これで安心だわ」

ひとつずつ、心配事を整理して、未来に向けた心の準備を始めていたのかもしれない。

気がつけば福が家に来たことで、ぎくしゃくして滑りが悪くなっていた家族の間を仕切っていた扉が、今は滑らかに大きく開き、お互いへの思いやりが風のように心地よく吹き抜けるのを感じた。

過去を悔やんでもしょうがない。そして未来を案じても今の時間が無駄になるだけ。過去も未来も実際には存在しない。存在するのはただ「現在だけ」。そのことを教えてくれたのはまぎれもなく福だった。

つむぎと福。まるで姉妹のようにいつも一緒だ

福の心がとけたとき

「なんとか散歩できたよ！道中はちょっと危なっかしい感じもあったけど、広場についたら思ったより楽しそうだったよ」

散歩を終えて帰宅すると薫に一番にそう伝えた。

「よかったねえ、福ちゃんがんばったねえ」

寝床に入ったままの薫がうれしそうに言うと、福は自分の鼻を薫の顔のほうにそっと近づけていった。挨拶だろうか。「外」を知ったことで、「家」が自分のすみかであることを理解したのだろうか。この日を境に散歩に出かけて帰ってくると、薫が眠る部屋の襖の隙間から鼻を突っ込んで、薫と朝の挨拶を交わすようになった。

「犬族の挨拶だね」

薫も福の鼻の頭に自分の鼻をこすりつけて挨拶で答える。その様子はなんとも微笑ましかった。

こうして朝の散歩に連れ出すようになって何日目だっただろうか、いつものようにまだ暗い夜明け前、リードを手に脅かさないようにそっとそっと福に近づく。抜き足、差し足。僕の気配を感じてソファに「伏せ」の姿勢のままこっちを見つめている福と目があった。そのとき、一瞬だけ尻尾がパタパタっと上下に動くのを僕は見逃さなかった！　遠慮がちに、そーっと二度、確かに尻尾が上下に動いたのだ。

「福!!もしかしてうれしいのか？散歩に行きたい気持ちになってきた⁇」

皆がまだ寝ているということも忘れて思わず大きな声が口をついてでた。そして、リードを装着しようとする僕を少し怯えながらではあるけれど、嫌がらずに受け入れてくれたのだ。

僕を頑なに拒み閉ざしていた福の心の扉が、一緒に毎朝歩くという習慣を作ったことで、そーっと開いた記念すべき朝だった。

福の心が柔らかくとけていくのと歩調を合わせるように、僕たち家族のぎくしゃくしていた関係もまた氷がとけるようにやわらぎ始めた。

「今日、福ちゃんうんちした？」

「いいうんちでたよ‼」

「ごはんは？食べてる？」

「ごはん全部きれいに食べたよ」

「今日は病院いかなきゃいけないんだけど、福と一緒に留守番できる？」

「わたし、学校休みだから面倒みよっか」

顔を合わせても、ＬＩＮＥの家族グループメッセージでも、福を中心に自然と会話が口をついて出るようになり、笑顔が生まれた。

福の毎日の世話があるので、僕と子ども達もこれまで以上にスケジュールを日々確認し合うようになった。ごはんをあげるのは誰か、福の食欲、その日のおしっこやうんちの回数、状態、精神状態はどうかを情報共有した。考えてみれば本当ならば薫の体調についても、こうやって子ども達と協力し合いながら生活を作っていくべきであったのだろう。しかし、どうしても真の状況を伝えることができずにいたのも事実だ。ただ福のことがきっかけとなって、とりわけ娘とはこれまで以上に頻繁に会話するようになり、そのなかで自然と薫のことについても話せるようになったのは本当に福のおかげだった。

福はめきめきと小林家の一員らしくなっていった。相変わらず僕に対しては少し距離を置き気味ではあったけれど、薫とつむぎは福から完全な信頼を獲得しているように見えた。

薫が部屋を掃除するときには、お掃除モップの柄にまとわりついてじゃれたり、洗濯物を干すときに一緒にベランダに出てみたり、ずっとうしろをついて歩くようになった。

「ちょっと福ちゃん、どいて、お掃除できないからどいて」

そう言っても、まったく気にすることなく、ぴょんぴょんと飛びついてくる様子に、困った、困ったといいながらも、口調には愛おしさが溢れていた。

留守中の福の様子が気になるので留守番ドッグカメラも購入した。

これは部屋の様子を観察できるカメラがついているだけでなく、犬の鳴き声を検知してくれたり、マイクを通じて犬に呼び掛けたり、おやつを与えたりできるというものだ。

療養のためずっと家にいる薫は「これは私を監視するためのカメラだね」と苦笑していたが、

ドッグカメラを導入したことで、仕事をしているときも自分のスマホで自宅の様子を確認することができて、ぐっと安心感が増した。

昼下がり、画面のなかにソファで寄り添うようにすやすやと眠る薫と福の姿を見つける。テレビを見ているうちに眠ってしまったのだろう。福の足が空中を犬かきするようにせわしく動いているのが見える。懐かしい森の中を走り抜けている夢でも見ているのだろうか。穏やかな時間が流れるその画面を僕は飽きることなくずっと見つめたのだった。

薫の腕に抱かれる福。穏やかなやさしさに包まれて臆病な福も安心しているようだ

留守番中のいたずら

薫と福は、僕や子ども達が仕事や学校に出かけた後、ほとんどの時間をふたりだけで過ごした。そのせいでお互いの信頼関係が強固になっていることは傍目にも明らかだった。しかし、福が心を許すようになったことで困ったことも起きた。それは薫が抗がん治療のために週に1回通院する留守番のときのいたずらだった。

「すぐに帰ってくるから、ちゃんとおりこうにして待っててね。帰ったらおいしいおやつをあげるよ」

出かけ際、ゆっくりと、目を見つめながら、噛んで含めるようにそう福に話しかける。こういうとき必ず福は視線をそらす。わかってる? わかってるよね?? 何度か念押しして家を出る。

一説には動物は「ちゃんと帰ってくるから待っててね!」と説明することが大事で、言葉そのものがわからなくとも、犬は飼い主の口調や視線、態度などからその意味を理解するとも言われているが、果たしてどうなのだろう。

とにかく福が家にやってきてからというもの、出かけたときにそわそわとして生きた心地がしない。いたずらを心配するということだけではなく、どこかに挟まって動けなくなっていないか？とか、変なものを口にしていないかとか心配で心配でしょうがないのだ。

これまで僕と薫の間には通院の日に小さな約束事があった。薫が通う病院は大きな市場がそばにあって、周辺に新鮮な魚介を食べることができるおいしいお店がたくさんある。とにかくつらい抗がん剤治療。投与の翌日からしばらくは食事も満足に食べることができないほどの苦痛が待っている。せめて抗がん剤投与までのひととき、気になったお店に入り、思う存分美味しいものを食べて明るい気分で過ごす、そんなルールを作っていた。

しかし、福が来てからはそうもいかなくなった。設置した留守番カメラから福の鳴き声を察知した通知が頻繁に届く。そのたびにスマホをのぞくと画面には
「おおおおおーーーーん」

と、なんとも情けない、弱々しい狼のような福の遠吠えが映し出されるのだ。その姿を見てしまっては、悠長にランチを楽しんだりはできないではないか。われわれは1時間でも、30分

でも早く帰るための努力を惜しまなかった。

治療が終わるや一目散に家路につく。

「おおおおおーーーーーん」

まだスマホからは遠吠えの様子が映し出されている。よくもまあ、諦めもせず延々と鳴き続けられるものだ。いつもながら福の根気強さには舌を巻く。

「ごめんね!!待ちくたびれたでしょ！」

玄関のドアの向こうではおすわりの姿勢で福が待っている。まるで忠犬のようだ。しかし、そんなときはたいがい、ご丁寧に、リビングのいろんなところでうんちをしているのだ。だいたいはソファやラグなど柔らかくて居心地の良い場所を選んで、見せ付けるようにしている。それを小林家では「さみしいうんち」と呼んでいた。さみしいんだからしょうがない。今更怒ったところで、福はいったいなににについて怒られているのか理解できないだろう。僕たちは、苦笑いを浮かべながら、その「さみしいうんち」をやれやれと片付けるのだった。

ある通院の日のことだ。今日はいつになくスマホが静かだ。福の遠吠えを感知するはずのセンサーがちっとも鳴らなかった。

鳴ったら鳴ったで心配なくせに、鳴らないと鳴らないでこれまた心配になる。困ったものだ。スマホでカメラにアクセスすると、あれ⁇リビングにいるはずの福の姿が見えない。うちでは玄関から見ると一番奥、リビング全体が見渡せる少し高い位置に留守番カメラを設置している。リビングに出入りできる扉はすべて閉ざしているので、福は必ずここに写っていなければいけないのだ。しかし、画面にその姿はなかった。

嫌な胸騒ぎがした。このカメラから見えないのは対面式のキッチンの中だけだ。しかし、キッチンには入ることができないように、自作のフェンスでバリケードを作ったはずなのに。

スマホから呼びかけてみる

「福！福ちゃーーん！」

反応がない。そこで今度はおやつ投下ボタンを押してみる（留守番カメラにはセットしたおやつを投下できる機能がある）。

ギュイーーンという起動音とともに勢いよく小さなぼうろが飛び出した。

案の定、キッチンの陰から、尻尾をふりふりご機嫌の福が姿を見せた。やっぱりキッチンにいた。まずは無事でよかった。しかし、キッチンには人間のための食べ物がたっぷりとしまわれている。そのなかには犬には絶対食べさせてはいけない「毒」になるものもある。やばい。リビングの床に散乱したぼうろをひとつ、ふたつ、みっつと掃除機がゴミを吸い込むようにたいらげると、福はまた一目散にキッチンに戻っていった。

これはきっとなにか悪いことをしているに違いない。そう確信して頭が真っ白になった。僕は少しでも福の意識をキッチンからそらすために、何度も、何度も、おやつ投下ボタンを連打した。しかし、虚しくも、飛び出したぼうろを吸い込んでは福はまたキッチンに戻っていたずらしき行為を繰り返していった。

数時間後

「ただいま！悪いことしてないよね⁉」

大急ぎで家に入り、福に呼びかける。

いつものように玄関ドアの向こうには、きちんと正座した福の姿があった。コートを脱ぐ手間も惜しんで、急いでキッチンに向かうと、あまりの様子に唖然とした。キッチンの床が掘られていたのだ……。

犬は本能的に穴を掘る。しかし、まさかキッチンの床材を食い破って穴を掘るなんて。想像を絶する出来事に、もはや怒るというよりも感心してしまった。幸いにもキッチンの食材には口をつけていなかったようで、健康上被害があるようなことがなかったのは不幸中の幸いだった。

こうした出来事もすべては飼い主の責任。犬に文句を言っても始まらないのだ。それから僕はあらためて飼い主の責任の重さを痛感し、キッチンには人間の赤ちゃんのためベビーゲートをＡｍａｚｏｎで取り寄せて設置したのだった。

日常におきた変化

僕たち家族の日常はがらりと一変した。

夜明け頃、僕は布団から這い出すと、眠い目をこすりながら家族の洗濯物をより分けて洗濯機にセット。スイッチを入れてから福の散歩に出かける。こうしておけば福の散歩から帰って、学校に通う娘と自分のお弁当をこしらえ終わった頃には洗濯が終了。洗濯物を干してから仕事に出かけることができるのだ。お弁当作りはもう2年以上になるから慣れたもので、前日にはメニューが決まっているから朝はつめるだけだ。長年主婦雑誌の編集長を務めてきたから、お弁当作りを短時間で片付ける知恵と工夫だけはたっぷりとストックがある。

お弁当作りと並行して朝ごはんの準備。なんとか薫の血液の状態をよくしたいという思いから、この頃は青魚やビタミン、ミネラルが豊富な野菜を積極的に食卓に並べるようにしていた。子ども達は朝はぎりぎりに起きてきて、簡単な食事をとったりとらなかったりだから、僕ら夫婦はそれらが落ち着いてから、ゆっくりと朝食をいただくことが多くなった。

幸いにも僕の仕事は朝の時間がさほど早くはないから、朝のうちにだいたいの家事をこなしておけるのがありがたかった。また、そんな仕事の仕方を認めてくれた職場のメンバーにも感謝しかない。

ごはんが終わると洗濯物を干して、ベランダで福のブラッシングタイム。これは薫の担当だ。人間にあまり触られることが好きではない福だから、ブラッシング中は後ろ足の間に尻尾をたくしこんで耳をイカのようにしているが、繰り返し触られることで人間の手にも少しずつ慣れてきた。

永遠に換毛期が続くのではないか?というくらい、ブラッシングを繰り返すごとに大量の毛が抜けたが、薫はその抜けた毛を愛おしく丸めてジッパー付き保存袋に入れてとっていた。あるとき、そんなの取っておいてどうするの?と聞くと

「いつかたくさんたまったらこれで福ちゃん人形でも作ろうかな?」と笑っていた。

僕の仕事が朝ゆっくりめで、薫の体調と天気がいいときは、できるだけ散歩に出かけることにした。というのも、ずっと寝てばかりいると、どんどん体力が落ちてしまうから、可能な限り歩かせるようにこころがけた。いや、実際は抗がん剤の副作用から足の爪が剥がれてきて歩

行が難しくなっている状態で無理をさせるのはどうなのだろう？と躊躇していたのだが、薫が「歩けば元気になるから」といって多少無理をしてでも散歩に出かけるようになったのだ。

全身へのがんの転移と進行が見つかったときの絶望的な気持ちで「私はもう東京オリンピックは観られないんだね」と毎晩泣いていた薫は新たな目標にむけて前向きになり始めた。秋に姪の結婚式に参加するために松山に行くこと、そしてなんとしてでもつむぎの成人式の晴れ着姿を見ること。ずっと泣き続けていたあの頃では考えられないほど、前向きになっている。

健康な僕が歩けばあっという間にたどり着ける場所も足の痛みをこらえつつゆっくりとしか歩けない薫にとっては近所の散歩もそれなりに時間のかかるお出かけになる。お気に入りの場所は最近できた高級スーパーのアウトレットストアだ。ちょっとおしゃれなパンやチーズ、あとはプリンとかお菓子が格安で店頭に並ぶその店はいつも開店と同時に行列ができるほど人気だ。運良く目当てのものが買えた日は得した気分になる。

エコバッグに戦利品のごちそうを携えて子ども達の喜ぶ顔を想像しながら、だいたい昔話が多いけれど他愛もない話をしながらぶらぶらと歩いた。ときどきは帰り道に図書館によって本を借りることもあった。

散歩に慣れさせようと、意を決して福を連れて散歩に出かけることもあった。日中の人や車が多い時間はあいかわらずうまく歩けはしなかったけれど、それでも近所を犬と一緒に夫婦で歩く時間はなによりも楽しかった。はたから見ると犬に引きずられている夫婦に見えていたかもしれないけれど。

犬と一緒に歩いているだけで、僕らはなんだか晴れやかな気分になった。公園でひと休みしていると子ども達がわいわいと集まってくる。

「うわ、かっこいい、これシェパードでしょ⁉」

「警察犬なの？」

普段このあたりでは見かけない雑種の福にみな興味津々のようだ。さっき買ったパンを袋からひとつ取り出して薫と半分ずつ食べると発酵バターの濃厚な香りが口いっぱいに広がる。

「人間の食べ物は犬には良くないよねー」と言いつつ、福にもほんのひとかけら差し出すと、ぺろりとたいらげた。犬も人もこの先の時間は限られている。今このときを大切にしたい。そのためならほんの少しくらい体に良くないといわれているものを食べさせてもいいじゃないか、そんな気がして、もうひとかけら、僕は福にパンをちぎって差し出した。

成長するにつれて精悍な顔立ちになってきた。でも気持ちはびびりのまんま

犬らしくない犬

少しずつ、本当に少しずつではあるけれど、福は「犬らしく」なっていった。

もともと犬なのに「犬らしく」というのも変な話だが、実際のところ福はまったく犬らしさを欠いた犬だった。お腹が空いていても容易に餌には食いつかない（つまり餌に釣られない）し、無邪気に人にまとわりついたりしない。隙あらば、信じられないような隙間に忍者のように身を隠してしまい、僕らを慌てさせる。

そしてなによりワンと鳴かないのである。遠吠えはしても、決してワンとは言わない。なにか要求があるときは、バグパイプのような音で「ブーウーブーーウウウ」と妙な声を発する。また、ときには「アームアーム」とまるで赤ちゃんが言葉をしゃべるように声を絞り出すのである。この聞いたことのない妙竹林な鳴き声を調べてみると、コンゴ共和国原産のバセンジーという犬種がどうやら福のような鳴き方をするらしい。ＹｏｕＴｕｂｅで実際に聴いてみると「あ‼これ福の声だ！」と言うくらいよく似ていた。

茶色と白のバイカラー、大きな耳、額のシワ、筋肉質のからだ、そしてなかなか人に懐かない頑なな性格、など調べるほどによく似ていた。不思議だなあと思ってよくよく観察してみると、狼爪があったり、指の間に水かきが存在していたり、お尻の部分だけ長い毛で覆われていたり、背中にだけ猪のような剛毛が生えていたり、バセンジーとはまったく違う特徴も顕著だったりする。

こういうところも雑種犬の魅力だなと思う。福にはいったいどんなルーツがあるんだろう。先祖たちはどんな犬だったのだろうと思いを巡らせる。

保護犬を家族に迎えて気になったのが、誰かに会うたびに「この子の犬種はなんですか？」と聞かれることが多いということだ。この子は福だ。福以外のなにものでもないぞ、と言い返したくもなるけれど、さすがにそんなに大人気ないことはしない。問いかけた人も別に悪気はないわけで、かならず犬には柴犬とかトイプードルとか所属する犬種があると思い込んでいるのだろうし、ちょっとした世間話のきっかけを作ろうと思っているだけかもしれない。でも、できればそんな現状が変わってくれたらいいな、とも思う。犬を家族に迎えるときに保護犬が、それも雑種犬が選択肢の最上位にくるような世の中。そうすれば悪徳ブリーダーによる問題も、ペットショップをめぐるさまざまな問題も少なくなるのではないだろうか。

話がそれてしまったけれど、そんな犬らしくない福が犬らしくなっていくのが僕たち家族の大きな楽しみとなっていった。昨日できなかったことが今日できるようになる、少しずつ成長する福を見守るよろこびは子育てと同じだった。そして家族の一体感が増すにつれて、薫の体調もまた良い方向へ向かっていることは明らかだった。愛すべき存在がいるということは、人が生きるためにとても重要なことなんだという思いはいっそう強くなった。

僕たちは散歩以外にも少しずつ福にいろんな経験を積ませていくことにした。あるときは近所のドッグランへ。またあるときはいつもとは違う少し遠くの公園へ。体調がいいときは薫と連れ立って出かけていった。

そして春が来た頃、僕たちはついにキャンプへ出掛ける計画を立てた。思えば家族を連れてキャンプに出掛けるのはいつくらいぶりだろうか。子ども達がまだ小さかった頃は毎週のように出掛けたものだが、中学、高校とそれぞれのプライベートが忙しくなってからはみんなで出掛けることはなくなっていた。それに薫の病状が悪化してからはキャンプなんて夢のまた夢と思い込んでいたから、断然計画づくりにも力が入った。

今回のキャンプ場の条件は、他者と交わらなくていい専用のドッグランがあること、薫の体に極力負担をかけないためにも冷暖房のついたコテージがあること、そして片道2時間以内であることを必須とした。

いろいろ調べたところ山梨県の富士吉田市にあるキャンプ場が条件もよさそうでぴったりだった。整った設備はまるでホテルのようで僕としては若干物足りない気がしたけれど、安心して過ごすためにはやむをえない。5月といえどもまだまだ朝夕は寒い。快適に過ごせるように薫とつむぎには羽毛の寝袋を、福にはフリースのブランケットを新調した。

はじめてのキャンプ

　ゴールデンウィーク明けの週末。空は厚い雲に覆われていた。残念な天候を少しうらめしく思いながらも僕たちは福を連れて念願のキャンプに出かけた。あいにくときおはアルバイトがあるとのことなので、3人プラス一匹となったが、うちの小さい車にはかえってその方が都合がよかったことはときおには内緒にしておいた。

　キャンプ道具一式と食べきれないほどの食材、そして冷えたビールもたっぷりと詰め込んで中央道を走る。助手席に座る薫の体調も悪くなさそうだ。むかしはふたりで毎週こうしてキャンプに出かけたものだと懐かしく思った。はじめてうちに来たときからそうだけど、福は車の中でとてもおとなしい。足元で丸くうずくまって、鳴き声ひとつ立てず静かにしている。車酔いもしないから移動は本当に手がかからない。

　インターを降りる頃にはついにポツポツと雨が降り始めた。途中で娘の雨具を買うためにワークマンに寄り道して、さらに30分ほど走ると目指すキャンプ場に到着した。むかし、僕がアウトドア雑誌の編集者をやっていた頃と違って近頃のキャンプ場はおしゃれで受付はまるでカフェのようだ。売店には人気のアウトドアブランドのウエアも並んでいて、ついゆっくり眺めたくなるけれどぐっと我慢。久しぶりのドライブで薫も福もだいぶ疲れているに違いない。急いで受付で鍵をもらい、カラマツ林に囲まれた場内の道を縫うように進み予約してあるドッグラン付きのコテージへ向かった。

フェンスに囲まれた70平米ほどのドッグランの中に小さなワンルームのコテージが建っている。コテージは高床式住居のように地面から1メートルほど高い足場の上に浮いた状態で建設されていて、木製の階段を数段あがると屋根付きのデッキがあり、その奥がエントランスだ。多少雨が降っていてもここでバーベキューくらいならできる。室内は冷蔵庫とエアコンが完備され2段ベッドが二組と小さなソファがあるこざっぱりとした空間だ。僕とつむぎはさっそく雨がっぱを着込んで、協力しながら車からテキパキと道具をコテージに運び込んだ。

福のリードを外しドッグランに解き放つ。このときを待ってましたとばかりに全速力でドッグランを走り回る、かと思いきや、まったく走らない。つむぎのそばから一歩も離れず、キャンプの用意の邪魔をするように付きまとうばかりだった。

そんなときだった。キャンプ道具を部屋に運び込むつむぎの後を追うようにコテージの階段を登ろうとした福が、急に「キャン」と鳴いてバランスを崩したのだ。

「え？なに？どうした⁇」

階段の下にじっとたたずむ福は右後ろ足が上がったままになっていた。明らかに怪我をしているようだ。まさか犬が階段で足を挫くなんてにわかには信じられなかった。どうしていいのかわからず、しばらく様子を見ていたが右後ろ足は浮かせたまま、治る気配はなさそうだった。あわててフロントに電話すると、キャンプ場に備えつけられている便利帳的なものに最寄りの獣医の連絡先が記されていることを教えてくれた。とにかく病院へ急ごう、もしも骨が折れていたら大変だ。

ふたたび車をとばして20分ほどの場所にある獣医へ向かった。道中、気が気ではなく、ときどき助手席の足元の福に目をやるが、いつものように福はただ静かに丸まっていた。

動物病院はすぐに見つかった。少し古い病院だけど大丈夫だろうか、ほかに患者さんもいないようだ。ちょっと心配だったが、この山の中ですぐに診てもらえる病院なのだから贅沢はいえない。

年配の男性獣医師にうながされ診察台に福をすわらせると、怪我をしている右後ろ足は前に投げ出した状態のままだった。獣医師が福の後ろ足をもって、数回曲げ伸ばしする。福は鳴きもしないし暴れもしない。本当に静かだ。この従順さは生まれ持っての性格なのだろうか。

「うん、大丈夫ですね、折れてないです。これは脱臼でしょう。しばらくは走らせたり、高いところへの上り下りはさせないように。安静にしていれば治ります」と告げられた。

それから獣医師はじっとメガネの奥からこちらを睨みつけるように見つめると、あきれるようにこう言った。

「あなたがた、キャンプかね？まったく最近の人はね、イヌ属は自分のテリトリーにいるのが一番安心するんですよ。知らない場所に連れてこられたってちっともうれしくなんかない。犬にとっては迷惑な話なんですよ」

福の後ろ足は膝蓋骨脱臼という症状だった。これは膝のお皿がずれてしまうもので、先天的に関節が弱い犬に多く発症しやすいらしいが、高いところから落ちたときや、関節に大きな力が加わったときにも発症する。軽い場合は放っておいても自然と治ってしまうのだが、癖になると外れやすくなり、そのままにしておくと骨が変形してしまうこともあって、外科手術も要するそうだ。キャンプ場に着いてまだなにもしないうちから、すっかり意気消沈してしまった。病院からの帰り道、つむぎと顔を見合わせて「やっちまったなあ」という表情でくすりと笑い合った。

薫をひとり残したキャンプ場に戻った頃にはすっかり日も傾いていた。早々に出鼻をくじかれてしまったけれど、ようやく雨もあがったようだ。本格的に暗くなる前に急いでランタンに火を灯し、キャンプサイトの片隅に小さな焚き火をしつらえる。ようやく宴のはじまりである。手作りベーコンにポトフ、でっかいソーセージに、ダッチオーブンで焼くパン。福も食べられるビーフステーキ。デザートには焼きリンゴ、さらにマシュマロとチョコでスモアも作るぞ、と、気を取り直してやる気満々だ。

ランタンの明かりが届くか届かないか、ギリギリのところに福の姿が見え隠れしていた。少し落ち着いたのかスンスンと地面のにおいを注意深くかぎ、前足で穴を掘る。行動半径も少しずつ広がりはじめている。足はもう大丈夫なのだろうか。

パンは自宅で1次発酵まで済ませた生地をクーラーボックスで冷やし持ってきた。現地で常温に置いて2次発酵。ダッチオーブンの中で程よく生地がふくらんできたら焚き火にかけて、さらに熾火をオーブンの蓋の上にたっぷりと載せる。これでかまどのような状態になるから、あとはゆっくりと時間をかけて焼き上げるだけだ。焚き火で焼くパンは香ばしく表面がパリパリ中はもちもち。おかずもいらないくらいこれだけで最高のご馳走になる。

パンが焼き上がるタイミングに合わせてステーキを4枚焼いた。そのうち1枚は福のために塩はしていない。キャンプが福にとっても楽しい経験となるようにと最高のご馳走を用意した。

夜になるとぐっと冷え込んできた。ダウンを着込んでも肌寒い。焚き火に当たりながら冷たすぎるビールをちびちびと体に流し込み、高温の炭火で旨味を閉じ込めた肉を噛み締めるとおいしさが口いっぱいに広がる。それをまたビールを飲んですっきりと洗い流す。

心配していた薫もご機嫌で久しぶりに味わう森の空気を全身に浴びて堪能しているようだ。

火を眺めながら、たいした会話もせずに食事をするだけでじわっと心が暖かな幸福に満たされていく。いったいあと何度こんな食事を家族で取れるのだろうか。そんな切ない気持ちをかき消すかのように、福がものすごい勢いで肉を平らげていく。

犬はいいなあ。過去を悔やんだり、未来を不安に思ったりはしない。あるのは今だけ。今この瞬間をめいっぱい楽しむ天才だ。今が永遠であればいいのに、そう思わずにはいられなかった。

翌朝、小さな霧の粒子が木漏れ日に反射して空にゆっくりと登っていくのがみえる。

昨夜はまるで蚕棚のような狭いコテージのベッドで、福はつむぎの上にのしかかるようにして眠ったらしい。おかげでつむぎは熟睡できず、朝から眠そうだ。

5月とはいえ標高1000メートルを超える位置にあるキャンプサイトは明け方ぐっと冷え込んだけれど、新調したダウンの寝袋のおかげで薫はぐっすり眠れたようだ。

福はまだ時折けんけんするように足を折りたたんでいるが、昨日より幾分よさそうで、行動半径を少しばかり広げて、ドッグランのあちこちを嗅ぎ回っていた。

昨日の熾に火をおこし、パーコレーターでコーヒーを淹れ、スキレットで一度に3人分の目玉焼きを焼いた。あとはパンとポトフの残り。たいしたメニューではなくても、充分に美味しいのがキャンプのいいところ。福にはこの日のために買っておいた鹿肉の缶詰をシェラカップに取り分けて与えた。

1泊のキャンプほど効率の悪いことはない。やっと設営したかと思ったらもう撤収。できればあと2、3泊したいところだけれど、そこはぐっと我慢。程よいところでおひらきだ。またみんなで来ればいい。今度はときおも連れてこよう。うん、きっとまた来れるはずだから。

自家製ベーコンに目玉焼き。あとはパンを焼くだけ。シンプルだけど最高にうまい。
シェラカップで飲む少し焦げ臭いコーヒーもキャンプならでは

雨が上がった涼しい高原の広場を独り占めする。かわいいピンクのハーネスが、ちょっと似合っていないかも？

カリスマトレーナーとの出会い

日の出の時刻がすっかり早くなり未明の散歩が輝く朝日を眺める散歩に変わる頃になっても僕に対する福の態度は相変わらずだった。

男だから？　背が高くて体が大きいから？　声が低いから？　毎日、散歩にでかけて、ごはんを与えているにもかかわらず、どうにも心理的な壁というか、僕に対しての警戒心を完全には解いていない気がしてならない。仕事から帰ってきて「ただいま！」と満面の笑みで福に向かって挨拶をしても、硬直した表情のままじりじりと後ずさってしまう。愛犬が胸に向かって飛び込んでくるようなお帰りの儀式は遠く夢の彼方だ。

日の出が早くなれば人の往き来も道ゆく車も増えてくる。少し慣れてきたとはいえ、公園までの散歩の道中は本当におっかなびっくりだ。一度など、ゴーーッと大きな音を立ててゴミ収集車がいつもの通り道を塞いでいるのを見て、福はパニックになり、道路脇の畑に突進。突然のことに僕は対応しきれずリードを持ったまま転倒。雨上がりだったせいで朝から全身泥まみれになった。また別の日は週末に開かれるマラソン大会のために通りに設置された赤いパイロンを見てまたもやパニックに。突然猛ダッシュで今来た道を帰ろうと後ずさりしたはずみで、ハーネスがすっぽ抜けてしまった。通りは早朝といえど車が多く、一瞬肝を冷やしたが、僕が「待って!!」ととっさに叫んだ声に反応して福は立ち止まってことなきを得た(このときは本当にダブルリードの必要性を痛感した)。とにかく毎日こんな感じで、苦労は続いていた。

いつも出かける公園は少し高台になっているせいで、息を飲むような朝日を拝むことができる。この日も鮮やかな朝焼けをぼんやりと眺めながら、芝生に福を歩かせていた。

「この子はどこから来た子? 名前は?」

不意に呼び止められて、振り向くと毛足の長い白い小型犬を二匹抱えた女性が立っていた。マルチーズだろうか。この時間に人に会うことはほとんどなかったのでちょっと驚いた。女性がしゃがみながら、

「おやつあげても大丈夫かしら」とつづけた。

「おはようございます。福です。山口県で保護された保護犬なんです。なかなか慣れるまで時

間がかかって…警戒心がハンパないんです。きっとおやつも食べないと思います」と慌てて答えた。

女性は「この鹿肉は無添加で体にとてもいいものだから」と、ポーチに入った容器から取り出した鹿肉ジャーキーを小さく手でちぎりながら、自分の愛犬と福の鼻面に差し出した。

普段なら見ず知らずの人が差し出したおやつには目もくれない福だが、先を争うようにおやつをねだる毛足の長い白い子たちに触発されたのか、なぜかこの日は素直に小さなジャーキーを口にした。このとき女性は「ダメだよ福。はい、ソニアが一番最初、つぎはソアラ。お前は新入りだから最後だよ」と声をかけながら与えていた。

自分の犬を露骨に後回しにされたことに、大人気ないようだが若干納得いかなさを感じていると、「この序列が大事なんだよ」と、その女性は言った。そして
「犬同士で誰がここで一番偉いのかはちゃんと理解してるから。そして大切なこともちゃんと犬が犬に教えるんだよ。はい、ソニア、福ちゃんにいろいろ教えてあげなさい」と続けた。

化粧気がなく、銀縁のメガネをかけた姿は僕よりも少し年上に見えるがいくつくらいなのだろうか。犬の首輪から伸びる布製の赤いリードは途中でいくつか結び玉ができたままになって

いた。解かないのかな?余計なお世話ながら妙に気になってしまう。

「よし、これで同じ釜の飯を食べたからお前たちは仲間だ。仲良くするんだよ」と女性が三匹に声をかける。それから僕にどんなフードを与えているのか?避妊手術は済んでいるのか?どこの獣医さんにかかっているのか?など、割と踏み込んだ内容の質問を矢継ぎ早に投げかけてきた。特にフードについては

「材料と成分をしっかり見て、ちゃんとしたフードを選ばないとダメ。特に小麦粉は犬にとって毒だから絶対入ってないものを選ぶように」と言い、SNSのインフィード広告に繰り返しあがってくるネットでは有名なブランドの餌を「あれだけは絶対にあげちゃダメだ」と親の仇のようにこき下ろしていた。ちょっと過激な感情の持ち主なのかもしれない。

福はとにかく臆病だ。人や犬が近づいてくると尻尾を股の間にきゅーっと挟み込んでしまう。今もおすわりの姿勢のまま、尻尾は足の間に挟んで先端がお腹の方に出てきている。女性はめざとくその尻尾に気付くと

「ほら、尻尾は出すんだよ。外に。怖くないだろ」

と、尻尾の付け根をひょいと掴んで、足の間からぐいっと引っ張り出した。とにかく犬に対

しても人に対しても、ぐいぐいと自分のペースでテリトリーに踏み込んでくる。

ちょっとエキセントリックな印象もないではないが、悪い人ではなさそうだし、なによりも犬について経験値が高そうだ。聞けば、以前、ドッグトレーナーの勉強もしていたことがあるそうだ。

なので僕もいま福について悩んでいること、なかなか懐いてくれないことを率直に相談してみることにした。

「毎日一緒にいるのに、僕が近づこうとすると逃げていくんですよ。散歩に行くときも道中は逃げ出すようにリードをぐいぐい引っ張って、ぜんぜん楽しそうじゃない。どうしたら普通の犬のように、飼い主に心を開いて、安心して歩いてくれるのですかね。毎日この調子なので、だんだん自信がなくなって、やるせない気持ちになってしまうんです」

「あなたのその自信のなさが福に見抜かれているんだよ。シーザー・ミランの本を読んだことある?」

シーザー・ミランとはアメリカで最も有名なカリスマドッグトレーナー。どんな問題のある犬でも、まるで手品のように手懐けてしまう。テレビ番組「ザ・カリスマドッグトレーナー〜

犬の気持ち、わかります〜」は世界110か国で放映され、全米では毎週1000万人以上が視聴していたといわれている。

「犬とのコミュニケーションは言葉ではなくてエネルギーなんだよ。あなたが発するエネルギー。それを福は感じてる。シーザー・ミランを読むとそういうことがたくさん書いてあるからぜひ読んでみて」

このシーザー・ミランとの出会いが、その後の僕と福の関係を劇的に変えることになるのだった。

１日、１日、薄い紙を１枚ずつ重ねていくように少しずつお互いの信頼関係を築いていく

犬と幸せに暮らす方法55

散歩から帰ると、忘れないうちに大急ぎで、シーザー・ミランの著書をすぐにＡｍａｚｏｎで購入した。届くまで待ってなんていられないから電子書籍でのオーダーだ。本当に便利な時代だ。おかげで僕がひと月に買う電子書籍の量はどんどん増えていってしまうのだが。

シーザー・ミランはメキシコ生まれのメキシコ育ち。２００９年に米国市民権を獲得している。短髪のグレイヘアに口髭をたくわえ、分厚い胸板。Ｔシャツからのぞく太い二の腕は大型犬と喧嘩しても負けないくらいマッチョなイメージだ。「エル・エンカンタドール・デ・ペロス」スペイン語で「犬に魔法をかける人」を意味する言葉で称賛されて、世界中の数々の問題犬と対峙して、魔法をかけるように解決し続けているシーザーの主張の根幹はこうだ。

「犬は人間ではない。あくまで犬だ。そのことを踏まえながら犬への理解を深めることが大切なのだ」

最初この言葉に出会ったとき、あまりにもあたり前の前提を理解していなかったことに気付いて驚いた。そうなのだ、人間が人間に対してコミュニケーションを取る方法で犬と向き合ってもまったく通用しないのである。

われわれ人間は言葉を駆使して相手とコミュニケーションをとることに慣れすぎてしまっている。そのため、まるで犬たちが言葉を理解しているかのように接し、話しかけてしまうが、まったくそれは無意味なのだ。犬の名前でさえもそれは単なる音の抑揚や調子だけであり、意味をなさない。犬が感じ取ろうとしているのは飼い主から発せられる気配、エネルギーである。そのエネルギーがゆるぎないものであれば、それが言葉を超えたコミュケーションの手段になるのだ。

つまり「問題なのはいつも犬ではなくて飼い主の方である」。飼い主が犬の基本をわからずに接することで、犬は困惑し、きちんと本能を抑制した行動ができないことが多いのである。

犬が犬である前提で覚えておかねばならない掟が5つあるとシーザー・ミランは言う。

1　犬は本能の動物だ

2　犬はエネルギーがすべてだ

3　犬はあくまで動物だ。犬種や名前はその次の話
4　犬は感覚で現実を理解する
5　犬は社会的動物である
（『ザ・カリスマドッグトレーナーシーザー・ミランの犬と幸せに暮らす方法55』シーザー・ミラン著、日経ナショナルジオグラフィック社刊、２０１５年）

これらを踏まえたうえで、犬と正しく接すること。まずはここから始めるのである。

「触れず」「話さず」「目を見ない」大切なのはこの3つだ。犬とコンタクトするときの基本原則、人間同士なら初対面の人に会ったら、近づいていって、目を見て挨拶するかもしれないが、これは犬とのコミュニケーションでは通用しない。信頼関係のできていない相手が、いきなり自分のプライベートゾーンに踏み込んでくれば、それは敵意があるとみなされても当然だ。

また、シーザー・ミランは「パックのリーダーとしてふさわしい穏やかで毅然としたエネルギーを放つ」ことが大切だという。パックとは犬の群れ、そのリーダーとしてふさわしい振る

舞いが大事なのである。狼を先祖にもつ犬は群れを作る習性がある。群れには頼りになるリーダーが不可欠だ。犬にとってリーダーの存在は食べ物と同じくらい重要なのだ。犬にとって強く尊敬できるリーダーがいることは生きていくためにもっとも重要な事柄だ。だから、飼い主として、犬に尊敬される存在であれというのだ。

言葉をもたない犬は、嗅覚、視覚、聴覚、あらゆる感覚をフル稼働させてこちらの様子を読み取ろうとする。リーダーの放つエネルギーが穏やかで毅然としたものであれば、そのエネルギーがおのずと犬に伝わり、指示に従う。逆に、不安やイライラがあったり、飼い主の出す指示がぶれてしまえば、犬は不安になりパニックをおこす。こちらの心に少しでも動揺や怯えがあることをカンのいい野生は見逃さないのだ。僕の心に宿る「今日はどうかな、大丈夫かな、ちゃんと迎え入れてくれるかな」という福に対する不安な気持ちの揺れは、負のエネルギーとなって伝播していたのだろうか。リーダーは決して自分から相手に近づいていくようなことはない。相手に媚を売るような態度などとらず、毅然として穏やかなエネルギーを全身から放出すべし、なのである。

とにかくまずは実践だ。早速、その日の晩から「触れず」「話さず」「目を見ない」犬の世界に合わせたコミュニケーション方法を試してみることにした。

仕事帰り。玄関の前で深呼吸。シーザー・ミランの教えを反芻する。「触れず」「話さず」「目を見ない」。貪るように本を読んだ効果はすでに生まれている。もう福とのコミュニケーションがうまくいくイメージしか湧いてこないではないか。気分だけはいっぱしのドッグトレーナーのできあがりである。単純なもんだ。

身体中に自信をあふれんばかりに漲らせて、ガチャリとドアを開ける。うちは玄関からどーんと廊下がまっすぐ伸びて、一番奥がリビングだから、ソファに座った福をまっすぐ視界にとらえることができた。福はソファに座りながら、いつもの少し怯えた目をしてこちらを見ている。決して玄関まで僕を出迎えになんか来てくれることはない。でも、だからといって、決してこちらに無関心なわけではないようだ。いや、見ようによっては、むしろ気になってしょうがないようにも見える。そうか、そうなのか、お前は僕が気になるんだな。よしよし、しかし、ここで「福ちゃーーーん!!」と、こちらから迎えになんていかない。コミュニケーションのイニシアチブはこちらが握っている。この家のリーダーは僕だ。

僕はまるで犬なんかこの家にはいなかったかのように振る舞ってみる。見ないふり、見ないふり、そう繰り返し唱えながら、こちらの気持ちを悟られないように家の中へと進んでいく。リビングに足を踏み込んでもまだ福を見ない。

「おかえり」「ただいま」

と、ほかの家族とは会話しても、福に対しては、いつものようには話しかけない。すると、どうだろう、いつもなら僕のほとばしるような愛情エネルギーに圧倒され、怯えたように後ずさっていく福が、おや⁇あれ⁇とばかりにこちらに興味津々になっているのだ。え？なんかいつもと違うぞ、と。そして、そーっと僕に近づいてきて、すんすんと足元の匂いを嗅いでいるではないか。おもわず顔がくしゃくしゃになりそうになるのを必死で堪えて、変わらず無視を決め込んでみた。

そう、それでいいリーダーは僕だ。

まさに魔法だ、と思った。一番最初からこんなに上手くいくことってあるのだろうか？　きつねにつままれたような思いだった。

しばらく、福ににおいをかがせたあと、ここでようやく

「福、ただいま」と声をかけた。できるだけ低く、穏やかなトーンを意識して。静かに、そして、福にリーダーの波動が伝わることを心のなかでイメージして。家の中を歩くときもリーダーのまとう空気を意識する。ゆったりと、毅然とした態度に徹する。

なんだかこうやって書いてみると、コントみたいだけど、僕は必死だった。犬のリーダーになりたい一心で、この日から穏やかでゆるぎないエネルギーをまとうことを意識して暮らすようにした。

追記　シーザー・ミランの唱えるトレーニング方法には否定的な意見が多数あります。シーザーのやり方はあの体、あのエネルギーがあるからこそ危険行動を伴う犬を服従させられるもので、決して万人にすすめられるものではないということ。また、さまざまな犬をめぐる研究結果から、犬の群れにリーダーは実は存在しないという学説が現在は主流であるということも付け加えておきます。ただ、理由はどうであれ、僕と福にとってはシーザーの本に書かれたやり方は非常に効果的であったということは事実ですので、その点をご理解いただけたら幸いです。

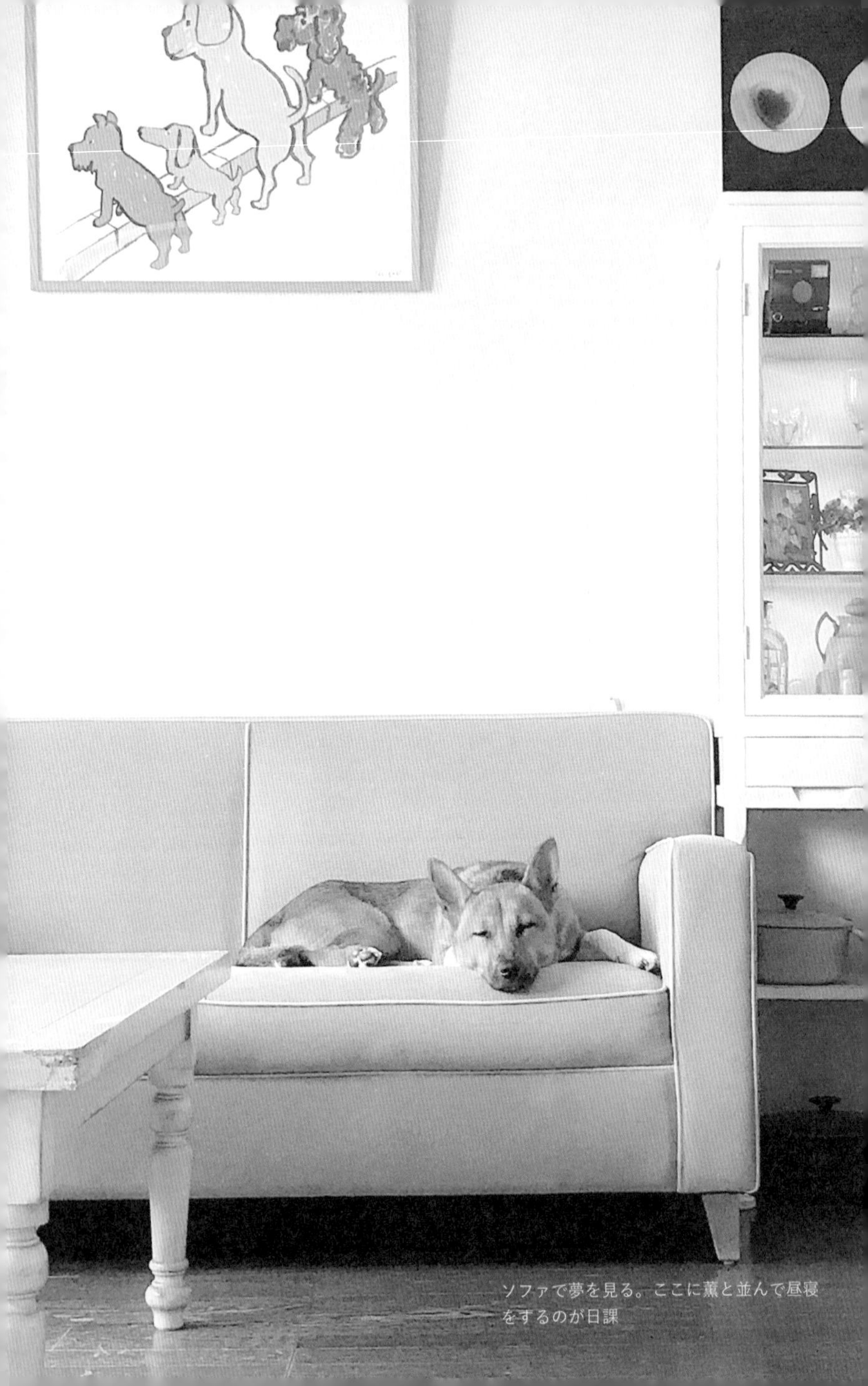

ソファで夢を見る。ここに薫と並んで昼寝をするのが日課

つむぎの手作りお菓子をじっと見つめる。決してパクリといかないのが福

タンポポが咲き乱れる原っぱで春の光を体じゅうに浴びる

ばらばらだった家族の心が福を中心にひとつになった。気がつけばみんな笑っている

セカンドオピニオン

気がつけば薫にも家族にも笑顔が戻っていた。あんなに毎日どんよりと重い空気がこの家にただよっていたことが嘘のように軽やかな毎日だった。福もすっかり小林家の一員のような顔つきをしていた。余命半年はすでにとうに過ぎていたし、あれはきっと何かの間違いだったんじゃないか、そんな風に誰もが思っていた。

その頃使っていた抗がん剤ゼローダは飲み薬なのでいちいち通院しなくていい手軽さと、副作用も軽くて薫の体への負担を軽くしてくれた。顔色も一時期よりはよくなったし、食事もしっかりとれるようになってきた。しかし実際に数字に現れてくる検査結果は一進一退。担当の主治医はここ最近、あまりはっきりしたことを言ってくれない。すでに薫の血管は血液検査のための針も容易に刺さらないほどに細く、もろくなり、腫瘍マーカーの数値も大きく跳ね上がったままだった。

検査結果が気になるのであれば、こちらから実際の状況を直接聞けばいいということはわかっているのだが、診察室で薫と一緒に主治医に向き合うと、それまで聞こうと思っていた言葉がどうしても口から出てこない。知りたいことはただひとつ、僕ら家族に残された時間だった。にもかかわらず、尋ねることはできず、当たり障りのない「次回まで様子をみてください」という言葉で診察を終えるのがいつものことだった。

抗がん剤は検査で現れる肝臓の数値が悪化していなければ続行、悪ければ種類を変えることになる。抗がん剤がどんなに効果を示したとしても、完全にがんを封じ込めることはできない。その抗がん剤に耐え抜いたがん細胞はより強い細胞となって、ふたたび増殖を始める。だから効果が消えたらその抗がん剤はおしまい。可能性が少しでもありそうな別の抗がん剤に薬をチェンジする。しかし、これを繰り返していけば、時間と共にどんどん使える抗がん剤の種類は絞られ、効果のある時間も短く限定的になっていく。すべてなくなれば治療終了。あとは死を待つのみとなるのだ。

そういう状況下で、現在使用中のゼローダはすでに3ヶ月も経過しているわけだから、ある程度効果があるものだと僕らは考えていた。しかし、ついにこの日、検査結果を見て主治医から「次に使う抗がん剤をどれにするか?」と提案されてしまった。つまりゼローダはもう効果なしということである。またひとつ選択肢がなくなった。

　主治医から提案された次の薬は「ジェムザール」「エリブリン」「カペシタビン」の3種類。投薬サイクルも、薬価も様々。一回の投与で7万円。週一回で月3回投与のものから1回2万円程度の安価（でもないが）なものまで様々。しかしどれも効果が保証されているわけではない。そもそも圧倒的な効果が期待できるとするならば、主治医から、次はこれにしましょうという提案があるはずである。まったくの素人のわれわれにどれにするか選ばせるというのも、どうなんだろうという話ではあるが、それはつまり、どれを使っても大差ないということを示していたのだろう。

　この頃になると薫の友人たちから、「本当にもう打つ手はそれしかないのか？」「もっといい方法があるのではないか？」という問いかけとともに、いわゆる民間療法や健康食品、怪しげな病気を治せる超能力者の紹介話などが頻繁に持ち込まれるようになってきた。免疫療法など日本では効果があることが知られてしまうと既得権益者に多大な損害がでるので、内密になっているなどという、まことしやかな売り文句とともに、ありとあらゆる情報がどこからともなく届くようになってきたのである。僕は昔から非科学的なことに興味をもたない超リアリストなのだが、ときに紹介者から、あたかもそうした民間療法を試さないのは、冷たい人間であるかのような反応を示されると、信じた心も揺れてしまう。もしかして自分が間違っているのだろうかと。こうした療法の問題点は実はここにある。「イワシの頭も信心から」で自己完結しているうちはまだよいが、まるでそれを選ばなかった人間が、薄情で冷酷な人間のように、それをすすめるクラスターから攻撃を受ける。ただでさえ心がダメージを受けているときに、こうした卑劣な手段で患者と患者の家族を痛めつけることは非常に問題だ。それに耐えきれず、試しに受診したりしようものなら、そのまま効果のない高額な療法を死ぬまで受けさせられ続けることになるのだから。

薫自身は今お世話になっている病院の治療方針にすべてを委ねる気持ちに迷いはないようだった。しかしそれでも主治医の感情を表に出さない、無表情な対応に心を傷つけられていたのも事実だ。「もっと私の気持ちをきいてほしい」そう願っていたのだが、がん研究の専門病院では、それは叶わない現実であった。もちろん医師の立場から見れば数え切れないほど抱えるがん患者それぞれに感情を寄せることはできない。感情をフラットにするからこそ冷静で間違いのない判断を下せるという面もあろうし、医師自身のメンタルを守ることにもなるのであろう。

いろんな思いで気持ちが揺れた。

そこで、迷いを払拭すべく信頼できるK医師を訪ねてセカンドオピニオンを受けてみることにした。

K医師は現在診療を受けているがん研究病院の腫瘍内科チームに長年勤務し、乳腺科・腫瘍内科外来医長などを務めた。現在の薫の主治医の先輩にあたる方だ。しかし、数年前、病院の方針に疑問をもち退職。現在は別の病院で腫瘍内科医として診療を続けながら、がん患者とのコミュニケーション、支援などの活動を積極的にこなしている。セカンドオピニオンの依頼も多く、予約が取れない名医として有名でメディアにもよく登場している。そこでK医師のがん治療に関する著書を手掛けた担当編集者をたどって話だけでも聞いてもらえないかと連絡を取ったのである。

僕も以前、都内で開催されたK医師が主宰する乳がん患者のためのライブに足を運んだことがある。参加した全員で前向きな思いを語り、歌い、ひとりでは不安定になる心に寄り添うための会。抗がん剤で脱毛した頭でもおしゃれはできると、自分でデザインした帽子をかぶって歌う20代の女の子や、毎回ここへの参加を楽しみにしている年配の女性たちの嬉しそうな表情を見るだけで胸にせまるものがあったのを鮮明に覚えている。

待ち合わせに指定された東京駅構内のコーヒーショップに向かうとすでにK医師は席についていた。出張に向かう新幹線待ちの時間を僕らのために割いてくれたのだ。急いでコーヒーを頼み、セカンドオピニオン用に書いてもらった診断情報提供書と病理組織診断報告書を手渡す。黙って目を通したK医師を固唾を飲んで見守る。一体どんな状態なのか、心臓の鼓動が早くなるのを感じた。

「ゼローダはぜんぜん効いてないですね。奥様に残された時間はあまり長くないと思います。次に選ぶ抗がん剤も、おそらくそれほど効果は期待できないでしょう。ましてや新しい療法を試すとかそういう段階ではすでにないです」

予想以上に厳しいことばだった。ざわざわしていたはずの駅の騒音がすーーっと消えて、水を打ったような、静かな森の中にいるような、不思議な感覚が襲ってきた。

「奥様はなにがお好きですか?趣味とか、なにか大好きなことはありませんか?」

予想外の質問にはっと我にかえる。なんだろう、なにが好きだったのだろう。考えれば考えるほどわからない。混乱する頭で必死に記憶をたぐり寄せる。彼女が18歳のときからずっと一緒に過ごしてきたはずなのにそんなこともわからないのか?自分に対してすっかり呆れてしまう。

そうなのだ。いつも薫は僕や家族たちのやりたいことや思いを優先してくれていた。どんなとっぴな提案にも

「いいね!それ」と賛同してくれる。自分から提案することはないけれど、家族の提案には全力で賛成して、みんなが楽しむ姿を見てうれしそうにしているのだ。

そんな薫のために残された時間でなにをすべきなのだろうか。その後の話はもうほとんど覚えてない。ただ、冷めたコーヒーを手にしたままぼんやりと考え続けていた。

薫と福のブレックファースト

残された時間でできること

薫がやりたいこと、してあげたいこと。どれだけの時間が僕たち家族に残されているのかはわからないけれど、それらをぜんぶ叶えていこう。気持ちが整理できないまま、電車にのって家まで帰る道すがら、そんなことをずっと考えていた。

家族みんなで海外旅行に行く
薫と福と僕で国内を旅する
みんなでキャンプに行く
薫が寝たきりになってもみんなが遊びに来れる広い家に引っ越す
姪の結婚式に参列する
娘の成人式に出る
もう一匹猫か犬を飼う（僕は犬、薫は猫がいいと言った）

スマホのメモに薫と一緒にやりたいこと、いや、やっておかなければいけないことを改めて整理して書いていく。勢いよく書いたものを眺めてみれば、どれもこれも健康で普通の生活さえ送れていればどうってことないささやかなことばかりだ。でも、今の僕たちにとってはどれもが真剣に叶えたい「夢」だった。いずれの「夢」も、日々、薫を寝かしつけるときに、ふたりで夜な夜な話したものばかり。だけど、よくよく考えてみれば、これって家族のための思い出作りであって、薫にとっては負担にしかならないのではないだろうか。そんな思いがよぎる。薫はもしかしたら、本当はゆっくりとしずかに過ごしたいだけかもしれない。

それにしても、今日、K医師から聞いた話をそのまま薫に伝えたらどんな反応をするだろうか？　もう残された時間はほとんどない。そんなこと言えるはずがない。最近じゃすっかり顔色も良くなって元気になってきているし、本人の気持ちも前向きだ。それに、子ども達にはなんと言えばいいんだろう。気がつけば、電車は最寄りの駅をはるかに過ぎていた。同じ東京なのに見慣れない駅の風景は実際の距離よりもずいぶんと遠い見知らぬ街に感じられた。

そしてもうひとつ薫に伝えなければいけないことがあった「抗がん剤のやめどき」について考えてみないか、ということだ。

悔いがないように残りの時間を過ごしたいのに、本当のところ効果がわからない（もちろんこれまではしっかりと効果を発揮してくれてはいるが、すでに効いていないというオピニオンをもらった以上はという話）抗がん剤の副作用で体が動かなくなってしまっては、貴重な時間が無駄になってしまう。今、僕たちに一番大切なのはほかでもない「時間」だ。そのためには抗がん剤をやめるという選択もとても大切になるのだ。

がんが再発してまもない頃は「このまま静かに、友達にも誰にも知られずにひっそりと死んでいきたい」といっていた薫がいつしか「わたしはどんなに苦しくても、1分でも1秒でも長く生きていきたい」と強い意志を示し出したのは、まぎれもなく保護犬福がうちに来てからのことだった。

どうしていいかわからないまま、僕は以前読んだ、在宅で終末医療を行っている医師が書いた「抗がん剤のやめどき」という本をさりげなくリビングに置いておいた。この本は多くのがん患者を在宅医療で支えている医師が本音で書いた本として話題になった。抗がん剤を続けるのか、やめるのか。最初からやらない選択もあれば、死ぬ直前まで頑張る選択もある。どれが正解かはわからない。抗がん剤で一番難しいのはその引き際。最後まで自分らしく生きるための引き際を見極める答えを出すのは医者ではなく患者自身である。そんな内容が綴られている。

果たしてその本を薫が手にしたのかどうかはわからない。けれどすでに薫の血管は限界に来ていて、採血の注射針をさすことすら困難を極めていた。病院でもごく限られた技術をもつスタッフにしか採血ができない。それほどまでに細くもろくなっていた。今後も抗がん剤治療を続けるならば、薬剤投与のために皮膚の下にCVポートというカテーテルを埋め込む手術をする必要があった。手術をするか、いなか。それらも含めて答えを出さねばならなかった。

僕たち夫婦はこれからの楽しみについて、これまで以上に話し合うようになった。ジャック・ニコルソンとモーガン・フリーマンが演じた「最高の人生の見つけ方」のバケットリストのようにド派手なことはできないけれど、1分でも1秒でも無駄にしないように、残された時間を丁寧に丁寧に味わっていこうと改めて心に誓ったのだ。

ドーナツ

無事、志望する大学に合格できたつむぎは、入学までの暇な時間に大好きだったお菓子作りを再開した。薄力粉とベーキングパウダーを丁寧にふるってバターと卵、グラニュー糖と牛乳でしっとりするまで混ぜあわせた生地をドーナツ型にくり抜いていく。つむぎはお菓子を作るときの計量が本当に慎重で、レシピ本通りきっちりと寸分違わないように進めなければ気が済まない性分だ。ある意味、薬剤師という職業を目指すにはぴったりの性格であるともいえる。それは、一事が万事すぐにレシピを逸脱してオリジナルのアレンジを加えたくなる、アバウトな僕からすると信じられないことだった。僕の解釈ではこれはこれで編集者という職業にはぴったりの性分であるということになるのだが…。

180℃に熱した油に、そーっと生地を滑り込ませると、じゅわじゅわと小さな泡を纏ってドーナツ生地がきつね色にかわっていく。その変化を見逃さないように真剣に見つめるつむぎの様子を「いい匂いだねえ」と薫がキッチンカウンターの向かいから愛おしそうに見守っていた。

甘い匂いに誘われた福が、物欲しそうに右往左往。ときには目一杯体を伸ばしてカウンターに手をかけて鼻を鳴らしている。

つむぎが小さい頃、バレンタインデーのいわゆる「友チョコ」を薫がレシピを教えながら作るのが恒例となっていた。しかし、薫の体調が思わしくなくなってからはその指導役は僕に代わった。日頃あまり口をきくことのない娘だったけれど、お菓子作りのときはよく話したものだ。一度、レシピサイトで僕がみつけた、チョコレートのカップケーキの上にマシュマロで作ったひよこをデコレーションした友チョコを作ったところ友達から大好評だったようで、それからずいぶんとお菓子作りにおいて僕は信頼を得たように思う。今でも娘はそのときのチョコの写真を自分のSNSのアイコンにしているくらいなのだ。

福がきてからは、ちょうど学校が不定期登校になったせいもあって、空いた時間にはバレンタインデーのような特別なイベントがないときにも、こうして一緒に台所に立つことが増えていた。

香ばしくあがったドーナツにグラニュー糖をたっぷりとまぶしている間に、自分のために深煎りのコーヒーを入れた。辛抱できなくなった福がむにゃむにゃと言葉とも鳴き声ともつかない声を喉から絞り出す。本当に犬なのだろうか？ついつい疑いの目をむけてしまう。

がんを患ってから、糖質はよくないということで大好きな甘いものをあまり口にしなくなった薫だったが、つむぎが作るスイーツだけは喜んで味見をする。この日もあつあつのドーナツを頬張り

「つむぎは本当にお菓子作りがじょうずになったねえ」

と目を細めた。

ところで福はドーナツに限らずパンやクッキーなどのおやつが大好きだ。犬にとって小麦粉が体によいかどうかの是非はおいておいて、これはなぜなのか？と考えたことがある。そして思い至った結論は、福が捕獲された地域では、きっとひもじい思いをしている野犬を哀れんで、廃棄されるはずだった食パンの耳を与える人たちがいるのではなかろうかということ。きっとそうやってパンの耳で命をつないできたＤＮＡが福の体にもしっかりと息づいているのではないかということだった。真偽のほどは不明だがこの推理、案外いい線いっているのではないかと思うのだが。

昔ながらのレシピでつくった普通のドーナツ。普通がおいしい

犬は夢を見る

犬は夢を見るのだろうか？　いやそもそも犬にはこの世界がどんなふうに見えているのだろうか？

ときどきふとそんなことを考える。ごはんを食べるか、遊んでいるか以外、ほとんど目を閉じて眠っているように見える福。

山口県の野犬問題で有名な公園で生後まもなく母犬と引き離された福。恐怖におびえてぶるぶると震えていた子犬が、今自分が置かれている状況に安堵しているからこそ見せるその油断した寝姿を見ると、これまでに感じたことがない温かな気持ちが体のすみずみにじわじわと満ちてくる。この先に訪れるかもしれない未知なるものへの恐れもすべてありのままに受け入れていいんだよ、となにか諭されているような、そんな気になってくるから不思議だ。

福はよく眠っているとき、ひくひくと息が漏れるような声をだしながら（普段はうんともすんともいわないくせに）、足をぶらぶらと動かす。だんだんとひくひくが大きくなってくる頃、足の動きも全力疾走のように激しくなり、合わせて目もとが痙攣して白目をぱちぱち。僕にとってはかわいくて仕方がない姿だけれど、実際の見た目はまるで悪霊に取り憑かれた犬のようだから、きっと赤の他人がみたらぜんぜんかわいくないんだと思う。

こんなとき犬は走っている夢を見ているらしい。人間と同じように現実世界に起きたことや好きなことが脳のなかで夢となって表れるらしい。もしかしたら、今日いっしょに走った公園でもらった鹿肉のおやつの夢を見ているのかもしれない。

長年犬は色が認識できないと言われていたが、今は認識できる色とできない色があるというのが定説になっている。福はきっと不思議な一部色付きのモノクロームの世界で昼に起きた出来事を夢の中で反芻しているのだ。

福が夢を見ているとき、そのかわいらしく、憎めない姿を僕たちは笑いを噛み殺しながら動画撮影をして、家族ＬＩＮＥに投稿するのだった。薫は寝室で、僕は職場で、息子や娘は学校やバイト先で、誰かが撮影したその動画をそっと開いて、にやにやと忍び笑いを浮かべながらその様子を見つめるのだ。

手作りおやつの日々

福と心を通わせる難しさは、簡単に「おいしいもの」につられないその性格にもあった。僕が知る限り犬というやつは、脳みそのかなりの部分を「食欲」が占めており、どんなやっかいな問題も「おいしいもの」が解決してくれると思っていた。僕に犬を飼うことをすすめてくれた雅姫さんの家のチョコ色のラブラドールのヴォルスなんて、撮影用に用意した料理をスタッフが目を離した一瞬でたいらげてしまうくらい激しい食欲に支配されている。それはそれで困った問題なのだが、福の場合は逆の意味で困っていた。

しつけのコマンドを理解させるために与える報酬＝おやつも、部屋のなかでなら口をつけるが、野外では全く口をつけてくれない。たとえ部屋の中でも、お客様がいたりして、いつもと少しでも違う環境になると、がんとして口をつけなくなるから厄介だ。お客様がせっかく仲良くなろうと持ってきてくれたおやつに目もくれず、福はいつまでも部屋のすみで怯えた目をして震えているのだ。

そんな難しさを抱える福のために、なんとかその閉じた心をばーんと開いて、一気に胃袋を鷲掴みにするような自家製おやつを作り始めた。
最初に作り始めたのは鳥ささみと砂肝のジャーキー風だ。作り方はとても簡単で、ささみや砂肝を、一夜干しや燻製を作るときに使う「脱水シート」に包んで約一週間ほど水抜きする。それを細切りにしてオーブンを一番低温にセットして1時間ほど加熱する。軽くスモークすればさらに日持ちはいいのだろうが、そこまでしなくとも、冷蔵庫に入れればかなり長期間保存できる。市販のものと違って添加物はもちろん、塩分も加えていないので極めてヘルシー。乾燥した肉は内部のうまみが凝縮されるようでわれわれ人間がお酒のつまみに食べてもよいくらいだ。このおいしさにはさすがの福も抗えないようで、喜んで食べてくれた。

そして、なによりも福の心をつかんだのはエゾシカの肉だった。その昔、僕は小さな出版社でアウトドア雑誌の編集者をしていたのだが、当時の先輩編集者が現在、北海道に移住して職業ハンターをしている。元来アウトドア雑誌で働いている人間なんて僕も含めて、就職の目的は編集者になりたかったわけではなく、アウトドアライフが好きすぎてその世界に身を投じたという場合がほとんどであるが、その先輩はついに真の自給自足を目指して、小さな子ども達もろとも北の僻地へ移住してしまったのだった。その先輩が狩猟シーズンになると送ってくれる新鮮なエゾシカは福の本能を刺激するようで、もう夢中になって骨までしゃぶり尽くすのである。

ときどきSNSに鹿肉の写真をアップすると「野生の鹿さんが(涙)」「ちょっと残酷です」などと指摘してくる方もいらっしゃる。だけど先輩はハンターでもあるが、犬や猫、山羊たちと一緒に北の大地で動物たちに囲まれて暮らしている。そしてときには親とはぐれて、足を怪我して立てなくなった小鹿を保護して元気になるまで面倒をみたり、飼い主が見つからない北海道犬を保護して死ぬまで面倒をみたり、その暮らしぶりを見れば、非難をあびせてきた人も少し考え方を変えてくれるに違いない。今や増えすぎてしまい北海道各地で食害が指摘されるエゾシカ。オスの大型だけを狙って撃ち、自然の恵みに感謝しあますところなく有効活用する。口先だけの動物保護、自然愛護ではない、北の大地での野生との共生。先輩の暮らしを見ていると人と動物が共存していくとはどういうことなのか?そんなことを改めて考えさせてくれるのである。

そんな先輩から「今朝撃った鹿の腿いる？」と連絡が入ると、喜んでお裾分けをいただく。クール便で届いた新鮮な腿に筋膜にそって包丁を丁寧にいれていく。脂肪分がほとんどない新鮮な赤身肉。よくジビエというと「独特のにおいが」という人がいるけれど、獲れたてのエゾシカはにおいなんぞは皆無だ。むしろ牛肉の方が独特のにおいが強いくらいだ。筋肉の線維の流れを見極めながら肉を取り外したら、骨や蹄も関節を外しながらひとずつバラしていく。肉はもちろん、すべての部分がひとつも棄てるところがない。足首の部分に残った毛皮もフライフィッシングの毛針を作る材料になり、脂を含んだ毛は浮力が強く渓流の流れに浮かべても簡単に沈むことがない極上の毛針ができる。これでイワナやヤマメがおもしろいように釣れるのだ。

一口大に切った福用の腿肉は脂肪だけを取り除く。人間が食べるならこの脂肪は最高の旨味になるのだが、犬にとってはお腹を壊す原因にもなる。茹でるときはできれば低温調理が望ましい。58℃で数時間かけてじっくりと火を通すと、まるでブランド牛のごとくやわらかい口当たりになる。もっとも犬の場合は丸呑みしてしまうから、そんな必要もないのかもしれないが。

骨や蹄は背の高い寸胴にいれてじっくりと煮込みその後、低温に設定したオーブンで1時間程度ローストする。この鹿の骨を与えると福は本能剥き出しになる。両手でがっちりと骨を押さえると、鼻に皺を寄せ、歯を剥いて骨についた肉をこそげるように食らいつく。誰かがひょいと近づこうものなら、般若のような表情で威嚇する。もっとも福は自分史上最高に怖い顔をして見せているのだろうが、僕たちにはもうその顔がおかしくておかしくてたまらない。その表情を見たくて、ついつい骨をとっちゃうぞ！と悪戯したくなってしまうのである。

旅行へ

セカンドオピニオンの結果とは裏腹に薫はその後もすこぶる元気だった。あの診断は間違いだったのでは？と思うほど、福が我が家に来てからというもの、顔色もよく気持ちも前向きで見違えるように活動的になっていた。

一時はもう無理だろうとあきらめていた、松山に住む姪の結婚式にも元気に参列した。空港での移動には車椅子を使ったが、旅先ではできるだけ自分の足で歩いた。松山といえば道後温泉。薫はもともと温泉が大好きだったけれど、乳がんの手術で乳房を切除してからというもの足が遠のいていた。一時期、少し勇気を出して温泉に入ってみたこともあった。しかし、周りの人たちからの好奇に満ちた視線や、「あら、あなたどうしたの？」という遠慮ない問いかけに答えることに疲れてしまい、いつしか温泉に行きたいとも言わなくなっていた。

しかし今回は奮発して部屋に露天風呂がついた宿を取ったから、朝から晩まで何度でも気がねなく好きなだけお風呂を堪能することができた。

道後の地ビールを飲み、料理を味わい、風呂に浸かった。朝から降り続いていた雨が湯気の向こうに見える木々の葉の生命力をより際立たせてみせた。そして薫もまた細胞のひとつひとつにまでそのエネルギーを吸い込み、今生きている喜びを噛み締めているように見えた。

家族で出かけるときは福はお留守番。ドッグトレーナーの藤原先生の家でほかのワンコ達と合宿となる。なかなか気難しく、犬見知りの福だけに、相当先生には迷惑をかけているようで、時折メールで送られてくる写真の中には先生の家を破壊しているものもあって大変心苦しかった。

海外旅行に関しては「さすがにそれはちょっと…」と相談した際に少し主治医は渋い顔をしていたが、どうしてもみんなでもう一度思い出のベトナムに行きたいという薫の希望もあり、思い切って行くことにした。まだ子ども達が小学生だった頃、僕が長年勤めた出版社を退職するタイミングで少し長い休みが取れた。そのとき旅先に選んだのがベトナムだった。その楽しかった思い出を薫も子ども達も忘れることができなかった。いつか元気になったらもう一度みんなで行こうね、それはいつしか小林家の合言葉のようになっていた。しかし、そのいつかはきっと今なのだ。ときが経てば経つほど、そのいつかは不確かなものになってしまうから。

不安を語り出せばキリがないが、幸いなことにベトナムには撮影を通して知り合った現地在住の友達がいるので、万が一というときも言葉の壁を心配することなく病院に行くことは可能だ。日本語で書かれた診断経過書とCT画像データが異国の地で役に立つのかどうかは不明だが、念のためにスーツケースに忍ばせていくことにした。

薫も現地で抗がん剤の副作用で体が動かないという事態を避けるために、薬の量を計画的に減らして旅行中に負担が軽減されるようにした。最近は航空会社のサービスも行き届いていて、体調があまりよくないことを伝えておくとチェックインのときに優先してくれたり融通がきくのもありがたかった。

羽田からホーチミンへ飛び、さらに小型のプロペラ機で1時間。目的地のコンダオ島は観光地というよりはベトナムの人にとっては先祖供養にいくような場所だそうだ。そう言われて辺りをみてみると、みんな色とりどりのお花やお供えものを抱えている。見たところ日本人はわれわれしかいないようだった。

小さな村しかないひっそりとした小島の一角が自然をできるだけそのままに生かしたリゾートホテルになっている。ターコイズ色の海に面した真っ白な砂浜の先に熱帯の灌木が生い茂る。そこを縫うように走る小道沿いに点在するヴィラは再生可能な木材で作られていて、ほとんど柱だけで壁がない。窓を開け放てばちょうど東屋のような感じになって、ベトナムの空気をぞんぶんに浴びることができた。

このリゾートはサスティナブルなエコリゾートを目指して建てられたとのことで、敷地内の移動がすべて自転車だ。滞在するヴィラからレストランや森の中のシアター、このリゾートの最大の売りであるスパなどに移動するときは、そこそこの距離があるので、自転車を漕ぐことになる。体力がずいぶんと落ちていて、しかも抗がん剤の副作用で足の指先に痛みがのこる薫は飛行機に乗る前は空港を車椅子で移動していた。その薫が今、目の前で大喜びでマウンテンバイクを漕いで海岸線を走っている。こんなことってあるのだろうか。

ヴィラに備わったプライベートプールで子ども達とまるで10年前のように泳いではしゃぐ薫の姿を、僕はプールサイドのデッキチェアでビールを飲みながら信じられない思いで眺めていた。

朝はビーチサイドにしつらえられたテーブルで、オーガニックな素材でこしらえたブレックファースト。フレッシュなフルーツとデトックスジュース、焼き立てのパン。薫はまるで別人のように食欲も旺盛でもりもりとたいらげた。

朝食からの帰り道、ホテルのアクセサリーショップに立ち寄った。旅の記念にオリジナルの名入りアクセサリーが作れるらしい。ショーケースに並んだアルファベットが刻印されたシルバーのキューブを薫は興味津々で眺めた。旅先でのお土産には消極的な薫にしてはめずらしかったので「せっかくだから作ろうよ」と僕は提案した。

出来上がった「KAORU」と名前の入ったブレスレットをうれしそうに左の手首に巻いて、薫は太陽にかざしてみせた。

あんなに毎日泣いて暮らしていた薫と僕たち家族がこうしてまたベトナムで夢のような時間を過ごすことができている。福が我が家にやってきてから、本当におどろくことばかり起きている。これは奇跡なのだろうか、まるでむかしのドラマのように僕は自分の頬をつねりたい気分だった。

双発のプロペラ機でベトナム最後の楽園、コンダオ島へ。島の８割が国立自然公園で野生のジュゴンも生息する

リゾートで育てられた野菜やフルーツで作られた朝食がビーチ沿いのレストランに並ぶ。食材とともに風や光までしみじみと味わった

福井へ

夏になりお盆が近づいてきた。

僕は数年のうちに母そして父を立て続けに癌で亡くしていた。その後、しばらくは実家の整理もあってしばしば生まれ故郷の福井を訪れていたのだが、薫の体調がおもわしくなくなってからはその足もすっかり遠のいていた。ずっと気がかりだったけれど、そんなことを言っていられる場合でもなかったので心にしまっておいた。

ところがあるとき唐突に
「ねえ、お父さんとお母さんのお墓参りにいかない?」と薫が言った。

急な提案に驚いたけれど、薫の体調はここ最近落ち着いているし、車でのんびり帰省するなら負担も少ないだろう。そしてなにより福を一緒に連れて帰れるのも楽しそうだ。僕はその提案を喜んですぐに受け入れた。

「じゃあ留守中よろしく。なにかあれば連絡ちょうだいね」

子ども達にそう言い残し車の助手席に薫を、後部座席に福を乗せて福井までのんびりと走る。はじめて福がうちに来たその日から、車のなかでは本当におとなしく、くるっと丸まったまま、身動きひとつしない。吠えもしないし、酔いもしない。車移動はお手のものである。

こうして子ども達抜きで遠出したことなんて果たして何年ぶりだろうか？　とくになにかを会話するわけでもなく、窓の外を流れていく景色を薫はぼんやりと眺めていた。強い日差しが照らした路面からゆらゆらと陽炎が立ち上っているように見えた。

最近は高速道路のサービスエリアにもドッグランがあるようで、事前にしらべた駒ヶ根ＳＡで休憩をとる。福を車からおろしてお散歩だ。心配したほどには怯えもなく、ドッグランのあちこちの匂いをかいで、よっこらせと腰をおろしてトイレをすませると水をがぶがぶと飲んだ。

「思ったよりも福ちゃんも落ち着いてるしよかった」

薫も一安心。

いつもなら中央道から北陸道というルートで実家に向かうのだが、ちょうどお盆で道が混んでいることだし、ずいぶん昔、まだ子ども達もいなかった頃よく通ったルートをいくのもいいねと、岐阜の白川から郡上、そして九頭竜《くずりゅう》湖畔を抜けていくルートで帰ることにした。まだ僕たちが若かった頃はこのルートを使って道中オートキャンプしながらのんびりと実家に帰ったものだった。

時間は余計にかかるけれど、今の僕たちには駆け足で時間を追いこすように前に進むより、時計の針の進みをできるだけ遅くして、今を噛み締めたい思いが強かった。

1年以上ぶりに帰った福井の実家はだいぶほこりも溜まっていたので、しばらく留守にした非礼を心で詫びながら、薫とふたりで床を磨く。開け放った窓からカビ臭い空気を追い出して、かわりにキラキラした西陽と一緒に少し湿気を含んだ夏の空気を迎え入れた。

「お母さん、お父さんごめんね」

仏壇を磨きながら薫が話しかける。薫にとっては父のお葬式以来になるだろうか。初めて実家に足を踏み入れる福は最初はひどく怯えて上がりかまちを超えることを身を固くして拒否していたが、ひょいと抱き抱えると観念したような表情をうかべてとぼとぼと居間に入ってきた。僕たちがせわしなく掃除する傍で、心細そうに居間のすみっこで丸くなる。大丈夫かなと横目で見ながら心配していたが、そのうち長旅の疲れからか、ぐーぐーと寝てしまった。

九頭竜湖畔の産直ではひとの頭ほどもある大きな舞茸を、道の駅で地元では有名な星山のホルモンを買った。福井ではホルモンのことを「とんちゃん」というのだけど、今夜は舞茸ととんちゃんで福井らしくビールを飲むのだ。父や母が生きていた頃は夏休みになるとふたりの子ども達も連れて福井に帰り、姉と3人の姪たちも集まって一緒にホットプレートを囲んだものだ。あの頃はテレビの音が聞こえないくらい騒がしかったが今はホットプレートに乗せた舞茸がちりちりと焼ける小さな音まで鮮明に聞こえる。

薫とふたり缶ビールを飲みながら静かにとんちゃんをつついた。気がつくと窓の外から響くカエルの声がずいぶんと賑やかだ。アルコールが回ったせいもあったのか、なぜだか途中から涙が止まらなくなってしまったのは、薫が実家を一生懸命に磨く後姿に毅然とした「覚悟」を感じたからかもしれない。酔った僕は結局、そのまま居間で眠ってしまった。

次の日は朝からお墓参りにいった。小林家の墓は実家から農道をあるいて5分くらい、田んぼの中にある。墓参りには福も一緒に連れて行った。花とお供えを持ってのどかな農道を一緒に歩く。田んぼに水を引くための用水路をのぞくと小魚がさっと隠れる。福も興味津々で草むらの匂いをしきりに嗅いでいた。

誰かが飾った花が枯れそうだったのできれいに掃除して、墓石もタワシでぴかぴかに磨いた。昔は果物やお菓子を供えたものだが、虫がたかったりカラスがくるので今は一旦飾ったあとは持ち帰るのがルールらしい。

蝋燭を灯し、線香に火をつけて手を合わせる。

どうか、穏やかな時間がゆっくりとゆっくりと過ぎていきますように。お守りください。

畳の上にいるとなぜか田舎に似つかわしい面構えになってくる。後ろに飾った書は書家でもあった父の作品

8月の朝散歩

お盆が過ぎ、少しずつ日がのぼる時間が遅くなってきた。日の出時間に合わせて僕の起床時間は変わる。まだ夜が明けきらぬうちに福の散歩に出かけるためだが、少しでも朝ゆっくり眠れるようになるのはありがたい。

それでも朝一番、まだ誰もいない公園で福とふたり鮮やかに赤く染まった東の空にのぼる朝日のエネルギーを全身に浴びる時間は格別だ。

家を出るまではねむいなあ、今朝はちゃんと歩いてくれるかなあと正直おっくうなときもあるが、一歩外に出てしまえばそんな思いは霧散する。薫の心配事や仕事の悩みで、モヤモヤした心も、ゆっくりと明けてくる朝の空気を感じながら、福と一緒に黙々と歩いているうち、知らぬ間にポジティブにかわってくるから不思議だ。

福の方も苦手ながらも晴れの日も雨の日も雪でも嵐でも、毎日欠かさずこつこつと散歩を続けてきたおかげで、公園でもずいぶんと顔見知りが増えてきた。

道すがら毎朝顔を合わせる人たちはみな福にやさしい。いつもたくさんの袋入りのおやつをたずさえてお散歩に来ている柴犬くりまるくんとおばあちゃん。「昨日いただいたものがあるから大丈夫ですよ！」と言っても「うちにはたくさんあるからいいのよ！」と毎日一袋まるごとささみや砂肝のおやつをくれる優しい人だ。残念ながらくりまるくんは福をみるとガウガウと唸るので遊ぶことはできないが、おいしいおやつをくれるおばあちゃんのことはすぐに大好きになった。驚くべきことにおばあちゃんは公園のカラスとも顔見知りで、くりまるくんがやってくるとカラス達もそのあとをついてくる。きっといつもおいしい朝ごはんをプレゼントしているのだろう。

甲斐犬とらちゃんの飼い主さんは保護活動にも熱心だから保護犬出身の福の扱いもお手の物だ。臆病な福にもやさしくやさしく声がけして上手にお手製のおやつを食べさせてくれる。ミニチュアダックスのレアちゃんは小さいけれど元気いっぱいでずっと走り続ける体力の持ち主。普段はボール遊びがそんなに好きじゃない福だけど、レアちゃんと一緒のときは夢中になってボールを追いかける。犬も人間と同じで不思議とうまが合う、合わないがあるようだ。

みんなに上手に愛想をふりまき、元気いっぱいのワンコたちをみると、そうではない我が犬を思いため息がでることもある。そんなときでも、散歩仲間から優しい声をかけてもらったり、福に関する悩みの相談に乗ってもらったり、この朝のひとときは本当に僕たちの心をなごませ、支えてくれた。

公園までの道中もできるだけ人の通らない道を選んだことで、ときおりタヌキやイタチを見かけることもあった。東京の真ん中にもまだまだこうした野生動物が生きている。その事実はそれだけで、なんだか気持ちをわくわくと前向きにさせてくれた。動物たちだけではない、道路脇に咲いている名も知らない小さな花も、こうして福とふたりして歩くまではそこに生きていることすら気づかなかった存在だ。

そこにずっとあったのに見えていなかったもの。そんな存在を福は僕に次々と見せてくれているのだった。

この日は保護犬出身たちが大集合。全国各地で保護されて今は里親さんのもとで幸せに暮らしている

マグロのごはんのこと

2週に一度の血液検査を終えて帰宅した薫が
「腫瘍マーカーが相変わらず高いのは気にしなくていい。でも赤血球と白血球の数値は気にした方がいいって先生が言ってた。今日は特に問題ないみたいだったけど、どうしたら血液に元気がでるんだろう」
と言う。そして閃いたように
「きっとマグロとかお魚をたくさん食べたらいいんじゃないかな?ねえ、マグロ釣ってきて食べさせて」と。
なるほど、マグロか!確かに血液の健康に効果があるといつかテレビの健康番組で見たような気もする。そう思ってスマホで検索してみると。血液はもちろん良質のタンパク質を含んだ赤身は体にいいことばかりではないか。
「じゃあ、薫のために久しぶりにマグロでも釣りに行ってくるかな」

というと薫が嬉しそうに笑った。考えてみれば薫の病状が深刻になる前は毎週のように釣りに行っていた。今はもちろん精神的にそんな余裕もないし、福の世話で目一杯なこともあって、大物釣りなんて夢の世界だった。でも、薫の体にいいのならたまには行ってみるのもいいかもしれない。そんな都合の良いことを考えつつ、ちょっと心が踊っていたのだった。

薫はきっと自分のせいで好きな釣りを我慢している僕に、なんとかよい口実を作らせることで、息抜きをさせてくれようとしたに違いない。まんまとその手に乗せてもらった僕はその週末、マグロ釣りに出かけたのだった。

マグロ釣りというと沖縄とか南の島でクルーズしながら、あるいは北海道や青森などでテレビ東京の漁師特番さながらの釣りのイメージが強いかもしれないが、意外なことに東京近郊の相模湾でも大きなキハダマグロを狙うことができるのだ。我が家から明け方なら車を走らせれば40分ほどの距離とお手軽だ。とはいえ、そう簡単に釣れるわけでもないのだけれど（運とタイミングがすべて！）その週末は本当にたまたまよい日にあたったようで、大きな30キロ級のキハダマグロを釣ることができた。

夕方、大きなマグロを持って帰ると、薫も福も目をまるくしてびっくり。福は恐る恐る近づくとくんくんと匂いをかいだ。マグロは本当に余すところなくおいしく食べることができる素晴らしいターゲットだ。三枚におろした身は真ん中で上下にわけ、さらにそれを三分割。そこからさらにサクをとっていく。これらはお刺身はもちろん、カツレツ、ステーキ、コンフィ、どうやったっておいしく食べられる。捌いたときに出る半端な身や血合いは竜田揚げにするとおどろくほどおいしい。心臓の刺身は釣り人だけの特権！中骨についた身はもちろんこそげて中落ち丼に。アラはみそ汁や甘辛く煮付ければコラーゲンたっぷりの酒のアテにもなる。カマや頭もオーブンで焼けば最高においしい。

まな板の上に乗ったときには「こんなにたくさん食べられるかな…」と不安そうだった薫もいざ食べてみれば「いくらでもいけちゃうね。これは誰にも分けずに全部私たちで食べちゃおう！」と言い出す始末。この頃、薫の食欲はずいぶんと上向いていて、朝からぺろりとマグロ丼とアラ汁を平らげてしまうほどだった。この調子でどんどん食べていれば、きっと次回の血液検査の結果はピカピカなはずだね、と笑った。

もちろん、お留守番を成し遂げた福にもお裾分け。生だとどうやら食べにくいようだったので、茹でてほぐしたものをドッグフードのトッピングにすると、吸い込むように食べた。釣りたてで強い弾力のある身は魚というよりもぷりぷりの鶏胸肉のようだ。皿まで綺麗になめた福は「もっとないの?」というような目でこちらをじっと見るのだった。

夏の終わり

夏の終わりが近づいてきた8月の下旬。精力的に外に出かけ、体力にも自信がついてきた薫はずっと迷っていたCVポート設置の手術を受けることに決めた。CVポートとは皮膚の下に埋め込むカテーテルの一種だ。3年にわたる抗がん剤治療のせいで血管が弱くボロボロになっていた薫はすでに静脈の確保が難しくなっており、継続的に点滴を行うためにポートを埋め込むことは必須となっていた。また、これにより自宅療養中でも点滴が可能になる。

実のところ、セカンドオピニオンを聞いてから、抗がん剤治療に意味があるのか、僕自身迷い続けていた。熱、嘔吐、手足の痛み…癌そのものより苦しい副作用で体を動かすこともままならない治療をしても、決してこの病気は完治することはない。であればQOLを第一に考えた緩和ケアに早い段階で切り替える方がいいのではないだろうか。だがいろんな事例を調べ、本を読むうちになんだか正解がわからなくなってきていた。

最近はモルヒネなど痛み止めのコントロールも昔に比べれば格段の進歩があり、緩和ケア＝

死を待つところ、という絶望的なイメージでもないらしい。しかし薫は「緩和ケアはまだ嫌だし、抗がん剤治療は苦しくてもがんばりたい！」という意思が明確だった。

薫は福が来た頃からぐんぐんと気分が上向き、体力も向上していた。実際、腫瘍マーカーは高いながらも、血液の状態も良好で白血球の数値も安全圏にあった。抗がん剤治療の副作用も経験から投与翌日の体調をある程度予測することができるようになっていたことも大きい。自身の病状に関して希望も持っていたように思う。そこで思い切って今回手術をすることに決めたのだった。

今回の入院は検査と手術を含めてほんの数日という比較的軽いもので、僕たちもさほど心配することもなく入院の手続きを進めていた。いや、むしろこの先の治療がCVポートによって負担軽減されることに明るい気持ちにさえなっていた。

当日の朝、車で築地の病院まで薫を送り、書類に必要事項を記入。病室に入るとこれから血液検査を行い、手術は明日ということだった。

「じゃあ仕事があるから帰るね。明日またくるね。必要なものがあったらＬＩＮＥちょうだい」

そう言って僕は再び車で自宅に戻ったのだった。

首都高速を降り、住宅街の細い道を走らせて自宅まであと2キロほどのところで僕のスマホが鳴った。大急ぎで車を脇に止めて電話に出る。薫からだった。

「もしもし、なんかね、検査の結果がよくないんだって。すぐに戻ってきて。先生が話をしたいそうです」

その声はつとめて明るかった。でもその言葉を聞いた僕は一気に心臓を何者かに鷲掴みにされた後、水中に沈められたような感覚に襲われた。あたりの音が聞こえなくてぴーんと空気だけが張り詰めている。とにかく病院に戻らないと。はっと我に返り、事故を起こさないように落ち着いてハンドルを握るんだと自分に強く言い聞かせたのだった。

電話を受けたときの記憶ははっきりとあるのにそこから病院まで車を走らせた記憶はすっぽりと抜け落ちている。気がつけばさっき車を出したばかりの病院の駐車場にもう一度車を滑り込ませ、早足に病棟へ向かっていた。

薫と先生が待つ小さな部屋に入ると、またいつものように薫はにこにこと笑顔だった。この人はいつもそうだ、大変な状況に置かれているときでもいつも笑顔で僕の緊張を和らげてくれる。しかしそこで医師に告げられた言葉は衝撃的なものだった。

「血液検査の結果がたいへん悪いのです。今、お亡くなりになってもおかしくないくらいの数値になっています。逆にこのように元気なのが不思議なくらいです」

一体先生はなにを言っているのだ、不思議なのは検査結果の方ではないのか？ それ間違いなんじゃないの？ そう言いたい気持ちをぐっとおさえて先生の言葉を待った。

「まず、このような状況ですのでポートの手術はできないですし、しても意味がないです。すでに奥様の体は抗がん剤の治療そのものをする状況にはないので。とにかく、今日は様子を見て明日もう一度検査をしましょう」

CVポートの手術は当然中止。こんなに元気なのに一体なにがおきたのだろうか。先のことはわからないが、明日の検査を待つしかない。

一旦、薫を病院に残して家に帰る。この日、東京は夕方から激しいゲリラ豪雨に見舞われた。首都高ではフロントガラスに叩きつける雨が激しすぎて前が全く見えず走行ができないほどだ。進まない高速に苛立って一般道におりると、道路はまるで川のようになっていた。飛沫《しぶき》をあげながら川の中をのろのろと進む。たかだか10メートル先も見えない道路が今自分たちがおかれているまさにこの瞬間と重なって、大声で泣きたい気持ちになった。でも、どんなに泣き叫んだところでこの雨にかきけされて、その声は助けてくれる誰かには届かないだろう。

翌日の午前中。再検査が行われたが、不思議なことに血液の状態は許容範囲内（もちろん病気を患っているので問題はあるが赤血球、白血球の状態は直ちに大事に至るようなことはないという意味）に治っていた。これには担当の医師も

「いったい、何が起きたのか、われわれも全くわからないです」

と、狐につままれたような顔をしていた。ほんとうに理由がわからないまま、それから一週間ほど様子を見るために薫は入院することとなった。

入院中も薫は特にこれまでと変わった様子はなかった。子ども達と毎日のようにお見舞いに行くと、一緒に最上階のレストランに行って、スイーツを美味しそうに食べた。そしていつも決まって

「福ちゃんはどう？元気？変わりない？」と尋ねた。

家で撮った福がいびきをかいて眠る動画を見せると、大笑いして喜んだ。

きっとあの検査がなにかの間違いだったに違いない。そうでなければ説明がつかないではないか。僕はそう信じることにした。

退院の前日、先生に呼ばれると、近隣の緩和ケア病棟のある病院を紹介された。そして「一度おふたりで病院を見学に行ってみてはどうでしょうか」

言い方はとても柔らかかったが、それはつまり「化学療法と、われわれがん研究病院の使命の終わり」を告げるものだった。

緩和ケア病棟

退院したその足で都内にある総合病院に付属する緩和ケア病棟を訪ねた。僕と薫はお互いにできる限り明るく振る舞った。まだまだここのお世話になんてならないよね、と言葉にすらしなかったけれど思いは同じだった。

立派な本館から渡り廊下を歩いたところにある少し年季のはいった小さくて古い建物の上階が緩和ケア病棟だった。本館とはうって変わってフロア全体を覆う空気が重く感じるのは自分たちの気分のせいだろうか。リノリウムの床に薄暗い蛍光灯が反射している。乗り込んだエレベーターの黄ばんだ扉が重々しく開くと、正面がナースステーションだ。何人かいる看護師さんは意外にものんびりと暇そうだった。ナースステーションのとなりにある談話室では白衣を着たたぶん緩和ケアの医師と思われる人がソファで横になってぐーぐー居眠りをしていた。

こちらに気づいた丸顔で目がくりっとした女性看護師さんに見学に来たことを告げると「どうぞごらんになってください」と優しく対応してくれた。

緩和ケアの病棟は、治療を目的とした「病室」ではなく、苦痛をやわらげ最後の時間を心穏やかにすごすための「部屋」だ。ルールもゆるやかで、ベッドのほかに大きなソファもあって家族が部屋に宿泊することも可能だし、食べ物や飲み物を持ち込んでも問題ない。ただ、残念ながら犬を連れて行くことはできないようだった。

殺伐とした雰囲気にならないように、まるで児童施設にあるような、野菜を模した手作りのかわいらしいぬいぐるみがあちこちに飾られているのが、かえってそこに入る人たちの厳しい状況を物語っているように見えた。

われわれが見学したとき、入室している方はご高齢の人ばかりだった。その様子をみて薫が小さなため息をひとつついた。そして「ここに入ったらもうおしまいだよね」とつぶやいた。緩和ケア病棟に入院してからの滞在期間は平均すると約二週間程度らしい。そして退院するときは、旅立ちのとき。永遠のお別れである。

それから二週間ほどはこれまで通り自宅で過ごした。がん研究病院を退院するときにもらった2種類の痛み止めのモルヒネを使うことはなかった。ただ、ここのところ急激に食欲が落ちていることが気になった。これまでは朝ごはんはしっかり食べることができたのに、お粥にもあまり箸をつけなくなっていた。なんとか食欲をだしてもらおうと、百貨店でおいしい梅干しを甘口からしょっぱいのまでいろいろな種類をみつくろって買ってきて食卓に並べたりもしたが、少し食べると手が止まってしまうようだった。

「ごめんね、せっかく作ってくれたのに」

唯一、食べてくれたのがシャインマスカットと、いくつかの果実のフレーバーがひとつの箱に収まった小さなアイスキャンディだった。そんなものでも食べてくれるだけでほっとするのだった。

薫は日中は横になって過ごすことが増えてきた。ときどき「床を掃除しなきゃ」と思い立ち、フローリングモップを手にしてリビングを拭き掃除したりするものの、すぐに疲れて、座り込んでしまう。福が鼻を鳴らしてそばにやってきて寄り添うように眠る姿をよく見るようになっていった。

目を閉じて枕元で丸くなっている福の背中をゆっくりとさする。あたたかな体温を感じるだけで安心するのか、息苦しいといっていた薫が、そのうち小さな寝息をたてて眠りにおちて行く。もう少しだけこうして穏やかな時間がすぎてくれたらいいのに。

その後、ふたたび薫は病院に戻ることになった。せっかく楽しみにしていた、この年から夏から秋に開催時期が変更になった多摩川の花火大会と、娘の成人式の「前撮り」を目前にしながら。ちなみに前撮りというのは式の前に当日の衣装を着て、貸し衣装屋さんのスタジオで撮影してくれるサービス。こんなサービスがあるなんて僕はちっとも知らなかった。着物のレンタルも薫が娘といっしょにいって随分前に予約してきたものだそうだ。成人式にかける意気込みにはただならぬものを感じた。あまりこうした行事に興味のない僕は少し冷めてみていた。

そんな楽しみを前にして、病院へ逆戻りするという苦渋の決断をさせたのは息苦しさが我慢の限界に達したから。ずっと嫌がっていたモルヒネをついに経口したのだが、それでも容態の改善が見られず、薫の精神は不安定に揺れたようだった。

ただ今回は緩和病棟ではなく、これまで治療にあたってくれたがん研究病院が一旦入院させてくれることになったのがせめてもの救いだった。薬が効かないことに困り果て、主治医に電話したところ、病室を空けて入院を取り計らってくれたのだった。

薫が入院して3日目。花火大会の土曜日。この日は同じマンションの上階にある見晴らしの良い友人宅のルーフバルコニーにごはんを持ち寄ってみんなで花火見物をする予定だ。

午前中、飲み物や食べ物を買い出しついでに病院に寄って

「今日は多摩川の花火大会だからみんなで見るんだよ。病院からじゃ残念だけど見えないから動画送るね」

と薫に伝えたけれど、モルヒネを点滴しているせいか意識が朦朧としている感じであまりよくわかっていないようだった。この先、だんだんとこうして眠っている時間が増えてくるのだろうか。

病院から急いで自宅に戻り、花火大会の観覧準備だ。友人の家のバルコニーに我が家のキャンプ用の椅子とテーブル、ランタンやクーラーボックスを運ぶ。当の友人は仕事で留守だったので鍵を預かって、ひとりでせっせと用意する。さながらオートキャンプの準備のようだ。荷物を運びながら「また家族みんなでキャンプに行けるときが来るのかな」そんなことをぼんやり考えた。

ゆっくりと陽が沈みはじめた頃、ランタンに火を灯し、缶ビール片手にみんなの到着を待った。もうすっかり秋なのに、夏の匂いを感じるのはなぜだろうか。あたりを見渡すと、近隣の家のテラスでも同じように花火観覧のための席にすわって、打ち上げを今か、今かと待っている様子が見える。

ひとりテラスでしんみりと、胸にせまるものを感じていたのだが、このあと福がとんでもない事件を起こすとは知る由もなかった。

季節外れの花火大会

花火大会が始まるぎりぎりのタイミングで、友人たちがようやく帰ってきた。

「ごめんね、道路がすごく混んでて遅くなっちゃった」

おいしくて有名な近所の百貨店のデパ地下で買ったデリの紙袋を手に、その混雑ぶりを説明する。メンバーがだいたい揃ったところで、乾杯。我が家の娘も一緒だ。息子は彼女を連れて少し遅れてやって来るらしい。福はひとり家でお留守番である。

西の空が鮮やかに染まると、それから少しおくれてドーンと花火の破裂音が轟き、まるで地鳴りのように腹の底に響いてくる。打ち上げ場所近くで見る花火は迫力が桁違いだ。感心しながら次々に上がる打ち上げ花火を眺め、ビール片手にそれぞれが持ち寄った美味しい料理をつまむ。焼き鳥、天ぷら、キンパ、スイーツもたっぷりだ。

どーん、どーん、次々に上がる花火の音がバルコニーを揺らすように響くのをみて友人が。

「犬って雷の音とか苦手じゃない？福ちゃんはお留守番大丈夫⁇」

と心配してくれた。そういえば福は大丈夫だろうか。一説には花火大会の翌日に迷子犬の問い合わせが激増するというデータもあるらしい。まあ、怯えてはいるだろうけど、家の中にいるのだから滅多なことはないだろう。そう思いつつも、やっぱりちょっと気になって、

「ごめん、気になるからちょっと様子見てくるね。ついでにキャンプ用の椅子とテーブルをもう少し持ってくる」

集まった人数が予定よりも増えてきたので、福の様子を見がてら、追加の道具も持ってこようと、階下の自分のうちを目指した。

玄関前にたどりつき、鍵穴に鍵をさして錠を解除しドアノブを引いた。

あれ？ガチャ、ガチャ？あれ⁇　え？

開くはずのドアが開かない。内側からしか掛けることができない防犯用のバーロックが施錠されているのだ。そんなバカな。家の中には誰もいないはず。ということは犯人は？え？福？福が解錠なんてできるはずがない。これじゃあ家に入れない。途端に頭が真っ白になった。

福は少しだけ開いたドアの隙間から不安そうにこちらを見上げている。いや、不安なのはこっちなんだからさ。勘弁してよ。

「福ちゃん、これやったの⁇開けてよ。もう一回バーを倒してここ開けて」

言ってみたところで、虚しいだけだった。

ふーっ、と精一杯自分の気持ちを落ち着かせて深呼吸。どうすればこの状況を打開できるのか。方法は2つだ。鍵をかけていない窓を探す、空いていれば御の字だがその可能性は極めて低そうだ。そうなると鍵開け業者にレスキューを頼むしかない。

生垣をくぐり抜け、バルコニーの壁を乗り越えて自宅に侵入する。知らない人がみたら、花火大会のどさくさで紛れ込んだ空き巣にしか見えないだろう。とりあえずアクセスできる窓という窓を探ってみるが、案の定しっかりと厳重に施錠されていた。

「まったく、部屋の窓の1箇所くらい不注意で空いていればよかったのに…」

普段、戸締りを口を酸っぱくして言うくせに現金なものである。

諦めて業者を呼ぼうか。あるいは窓ガラスを割るか？ぐるぐると考えをめぐらせる。打ち上げ花火はその間も絶え間なく上がり夜空を照らす。とりあえず、戻るのが遅くなって心配しているであろうみんなに今の状況を知らせようと思い、友人宅のバルコニーで花火を見ている娘にＬＩＮＥを送った。

「ごめん、おとーさん家に入れない。福ちゃんが中から鍵しめちゃった」

「え？マジｗｗ」

「どうしよう。窓壊すしかないかも」

絶望的な気分で連絡すると、娘からは意外な返事が
「そういえば前にテレビでなんかロープを使って開ける方法があるってやってたよ」

「え？マジで？」今度は僕の方がそう聞き返してしまった。

急いで検索をかけると、ありがたや、どこのどなたかわかりませんが、ＹｏｕＴｕｂｅに番組の動画をアップしてくれていた。やり方はとても簡単で、ドアの隙間から紐状のものをバーに通してそのままドアの上部まで移動させると、てこの原理でバーがパタンと倒れて解錠されるというのである。

半信半疑でゴミ置き場にあったビニールロープを適当な長さに切って、ドアの隙間からバーにかけてみる。あいかわらず福は鼻を鳴らしてこっちを見ている。そして、祈るような気持ちでロープを扉沿いにすーっと上の方にまわして行って、ぐっと力を込めると…。

パタッ…

なんといとも簡単に解錠できた!! おおおーーーっ、これには思わず歓声をあげてしまった。花火の美しさではここまでの大歓声をだすことはないだろうと思うとちょっと笑えた。LINEを見てかけつけてきた娘も拍手喝采。ひとりで留守番をしていた福も帰ってきた家族に大喜びでくるくると円を描くのであった。

思えば福はうちに来てしばらくした頃から、後足で立って前足で器用にドアノブを動かして、扉を自由に開けて部屋を行き来することができた。きっと今日は、たったひとりでの留守番に加えて苦手な花火の音にパニックになり、なんとか逃げ出したい一心で玄関ドアをガチャガチャとやっているうちに、あやまってバーロックを施錠してしまったのだろうと推察する。今となっては笑い話ではあるが本当に肝を冷やした。

そんなこんなでみんなの待つバルコニーに戻った頃にはすっかり花火大会もお開きの時間。あーあ、終わっちゃったよ…。ほとんど西の空に輝く大輪を見ることもなく花火大会は終了したのであった。やれやれ…。

息をのむような美しい輝きは一瞬のうちに消えていく。人生のようにはかない

成人式の前撮りに参加

花火大会が明けた翌日は6月に20歳になった娘、つむぎの成人式の前撮りだ。病院には事前に外出許可を取ってある。午前中からの着付けに備えて、朝一番の朝食と検温の時間に築地の病院まで車で迎えにいった。

病室に入るとベッドの背もたれを起こしてテレビを眺めている薫の顔色は良さそうで、笑顔だった。さっそくスマホを取り出して昨日撮影した多摩川花火大会の動画を見せながら、「福ちゃんに家をしめ出された事件」の顛末を話すと楽しそうに笑った。

着替えを済ませると、看護師さんからもしも体調が悪くなったときのための即効性のある薬を受け取り、いざ出発。ずっとことあるごとに「つむぎの晴れ着を見るまでは死ぬに死ねない」と言っていたほどこの撮影にかける意気込みは並々ならぬものがあった。痛み止めを飲んでしまえば意識が朦朧としてしまうから、できることなら薬の世話になりたくない。薫の目に強い意志が宿っているのが見えた。

実は僕はどちらかというと娘の成人祝いにお金をかけるなら、そのお金で海外でなにか経験を積ませるとか、それに類することをさせたいという思いが強かった。だから、これまで成人式の衣装選びや撮影の相談にはほとんどのってこなかった。というか、相談すらされなかった。そんな思いは薫にも伝わっていたはずで今回も気分は送迎係だ。

でも薫は違った。母親ならではの娘に対しての思い入れというのもあるだろう。そしてまた乳がんという病を抱えて、なんとか子育てを全うしたいという切なる思い、その思いを完遂した象徴こそが成人式という舞台。そこに立つための晴れ着なのだろう。

つむぎ自身も自分の喜びというよりも、母親を喜ばせるために着物を選び、着付けをする。そんな気持ちでこの日を迎えた。大きな目標だった日である。

まずは美容院に薫とつむぎを送り届け、僕は一旦自宅で待機。1時間ほどしてヘアメイクが終わったら、ふたたびふたりを車に乗せて駅前の貸し衣装屋さんのスタジオで着付け。そして撮影だ。

とにかく1日中待ちが長い…。うっかり昼ごはんも食べ損ねてしまい、みんな空腹でひたすら、つむぎの着付けが完成するのを待っていた。

撮影はまずは娘ひとりのバージョンから。店舗の一角にあるスタジオは石灯籠や人力車など謎の和風演出小物が。そこで笑顔で紙風船を手で弄んだり、古書をめくってみたりするような演出の撮影が続く。ＢＧＭに琴の音色がチントンシャンと鳴っているようなおももちだ。

うーん…。僕も編集者のはしくれ。一流の撮影現場が仕事場だ。なので、ちょっと時代錯誤的な独特の演出に正直首を捻りたくもなるのだがそれをぐっと飲み込んで笑顔で見守ることにした。

というのも実は僕は過去に自分たちの記念イベントの撮影に関して、重大な過ちを犯しているのである。それは僕と薫の結婚式での出来事である。当時まだ若かった僕らは自分たちのスタイルで結婚式をしたかった。そこに古い田舎町の慣習どおりの式をなんとかさせたいと考える両親。両者間で激しくぶつかりあった。実は我が故郷福井は愛知と肩を並べる日本有数の大げさな結婚式を挙げる伝統のある県なのである。僕らはとにかく自分たちの価値観にそった洒落た（と信じてやまない）カジュアルなものをやりたかった。素敵なレストランで、友人たちだけを呼んで。引き出物じゃなくて帰り際には気の利いた小さなギフト。結婚式場のようなところでゴンドラに乗り込んでスモークと共に現れるなんて恥ずかしくて二度と人前に出られないとさえ思い込んでいた。しかし、古いしきたりのある町で暮らす両親たちにとっては結婚披露宴とはお世話になった地域の皆様に「小林家の嫁」をお披露目する重要な場所。ふたりの意思なんぞは二の次である。

再三の話し合いも虚しく、両者引くことはなく、結果、全員の価値観を融合させた結婚式を開くという斬新な落とし所に辿り着いた（といっていいのか?）。妥協点として見つけた場所は温泉旅館の大広間（なぜ?）。薫の頭は文金高島田、なのにメイクは前衛的なアートメイクが得意な僕の親友にお願いした（そこで両者の案を融合するか?）。引き出物には僕たちがアジアの旅先で買った小さな銀細工にメッセージを添えたものが、地元福井らしく小麦粉や洗剤、お菓子などがてんこ盛りで詰め合わされた実用品盛り籠の中に悲しく紛れ込んでしまうことになった。気づかないで捨てちゃう人もいそうだ。しかし、福井県ではなんでこんなスーパーに行けば買えるようなものが引き出物になるのかは未だ謎だ。

もっとも悲惨だったのは薫の花嫁姿である。花嫁といえば人生で一番きれいなお化粧をしてもらえるまさに美のクライマックス。このとき美人にならなきゃいつ綺麗になるのってくらいの話だ。控え室で母が連れてきたこの道数十年のベテランパーマ屋さんが髷のかつらをかぶせたところに、僕の友人がアートメイクを施すと、そこにはこれまでの人生でみたことのないようなお嫁さんの顔が現れた。まるで、前衛舞踏集団、白虎社のような白い顔。真っ白。ジブリの顔なしか？　どれどれ、自分の娘はどんな可愛いお嫁さんになったかいな？と楽しみに控室の扉を開いた薫のお母様が

「こ、こ、これは…死化粧じゃ…」

とひとことつぶやいたとき、薫は自分の姿を鏡で見て泣いた。

さらにその死化粧の花嫁姿をカメラが趣味のうちの父親が自慢のカメラで撮影した仕上がりは蛍光灯の光を受けて白い顔が今度はグリーンに。西洋の亡霊になってしまっていた。悪いことは続くもので、死化粧の花嫁たちを迎えた披露宴会場の温泉旅館では、大広間に紅白の横断幕が伸びやかに張られ、ドレスを身に纏ったコンパニオン達が煌びやかにテーブルを回ってお酌。花嫁、花婿がまったく知らない父親が呼んだ客人たちが日本酒をがんがんかっくらって、どんちゃん騒ぎでカラオケを熱唱するという地獄絵図のような式典になった。村のお祭りかなにかでしょうか？いったいあそこで黒田節をうたっているおっさんは誰なんだ？「酒は飲め、飲め〜♪」じゃねえよ。

と、まあ、自分の価値観の押し付けによって、結果的に一生に一度のイベントを粉々に打ち砕いてしまった過去のトラウマが僕の心を冷静に保たせた。自分の趣味とは違えどその道のプロに任せた方が絶対にいいいと。僕の動揺を読み取ったかのように、隣で薫も小さくうなずいていた。

続いて家族揃っての撮影。さらに貸し衣裳屋さんのスタッフにおそらく無理矢理書かされた、両親への感謝状授与のプチ式典を行って撮影は終わった。

ほとんど、飲まず食わずで過ごした長い1日を終え、全員クタクタになって家に帰る。今日は福はきちんとお利口にお留守番してくれていたようだ。もちろんバーロックはガムテープでぐるぐる巻にして二度と使えないように処置してある。

撮影後はもうごはんを作る気力もないので、近所のお蕎麦屋さんで出前を取って、急いで麺をすって、なんとか夜10時には築地の病院に薫を送り届けたのであった。

次の日、病院に薫を訪ねて「昨日は本当にたいへんだったね。でも、なんとかみんなでつむぎの晴れの姿を撮影できてよかったね」と伝えると

「え？なんのこと⁇」

驚いたことに薫にはいっさい昨日の記憶がないのであった。もう、気力だけでその場に立っていたのだろうか。いつも肝心な節目の日に満足な思いをさせてあげられない不甲斐なさに叩きのめされそうになった。

退院そして自宅療養

結局、薫は二週間ほど入院した後、再び退院し自宅療養になった。病院でずっと寝ていたせいか、起きても歩く足元がおぼつかない。転倒の危険もあるということで、帰り道に区役所に寄って要介護申請の手続きを行った。あとから自宅に介護の必要性を判定するケアマネージャーがやってきて聞き取り調査をすることになるらしい。区役所のカウンターで説明を受けながら、ふと思い出したのは父の最期だった。数年前、癌で亡くなった父も、やはり同じように病院での積極的がん治療が終了し自宅療養に切り替わることになったタイミングで介護申請手続きをした。判定が出るまでの期間をしばらく待ち、ようやく電動ベッドやら介護用品やらが揃った頃には、もう自宅ではどうしようもない状態になり、病院に再び運び込まれてすぐに亡くなってしまったのだ。電動ベッドもスロープも必要なのは今なのだが…、これればかりはしょうがない。もっと早くに申請すれば良さそうなものなのだが、そのときはまだまだ元気なので結局、介護認定は受けられないわけで。そんなことを考えながらカウンターで手続きする僕を、後ろの長椅子に腰掛けて心配そうに薫が眺めていた。

申請が受理され、介護用電動ベッドが届くまでは、寝室では目が行き届かないのでリビングルームにマットレスを敷いてそこに薫を寝かせることにした。また、近隣の介護を目的とした医療施設に連絡し、自宅まで往診して緩和治療をしてくれる先生も探したのだが残念ながらすぐには見つからなかった。

リビングが薫の居場所になり、1日のほとんどの時間をそこで横になって過ごすようになると、いつしか福は薫の側にぴたりとつくようになった。

ときどき確かめるように手を伸ばして、枕元で丸くなっている福に触れると薫は安心するようだった。動物にはまぎれもなく癒しの力がある。なめらかな毛並みを通して伝わってくる体温が呼吸とともに小さく弾む。その鼓動とぬくもりがやすらぎを与えてくれるのか、そこに触れているとき薫の表情はとてもやわらかくなる。元来、あまり人に触れられるのが好きではない福だけど、薫がなでることは全面的に受け入れているようだった。どうぞ好きなだけなでてくださいねとばかりに。その様子はまるで福が自ら果たすべき役割を理解しているかのようにも見えた。

「福ちゃんはかわいい子だねえ」

そう呟きながら繰り返し、繰り返し、福の背中をなでた。

10月も残すところあと一週間ほど。これまでかろうじて食べることができていたお粥もほしがらなくなり、シャインマスカットをひと粒か、ふた粒。大切に大切に、ゆっくりと体に染み込ませるように食べる。そんな感じだから、体はだんだんと細く、小さくなっていった。

この頃になると3時間おきに飲む痛み止めだけではなかなか苦しさを抑えることが難しくなってきた。そんなときはより強い痛み止めを摂取させる。注意深く様子を見守り、苦しいと訴えてきたときにすぐに対応できるように気を張っているため、僕もまとまった睡眠をほとんど取れなくなっていた。

うちのリビングルームからは月がよく見える。その夜はきれいな満月がいつも以上に輝いていた。苦しがっていた薫に痛み止めを飲ませるとようやく呼吸が穏やかになった。窓辺に目をやるとそのきれいな満月に気づいたように薫が小さな声で言った。

「ねえ、またキャンプに行けるかなあ。みんなでキャンプに行きたいなあ」

「いいね！行けるよ、行けるよ。福ちゃんも一緒に連れていって昔みたいにみんなで楽しもうね」

僕が発した「福ちゃん」という言葉に枕元で丸くなって目を閉じていた福がぴくりと反応した。

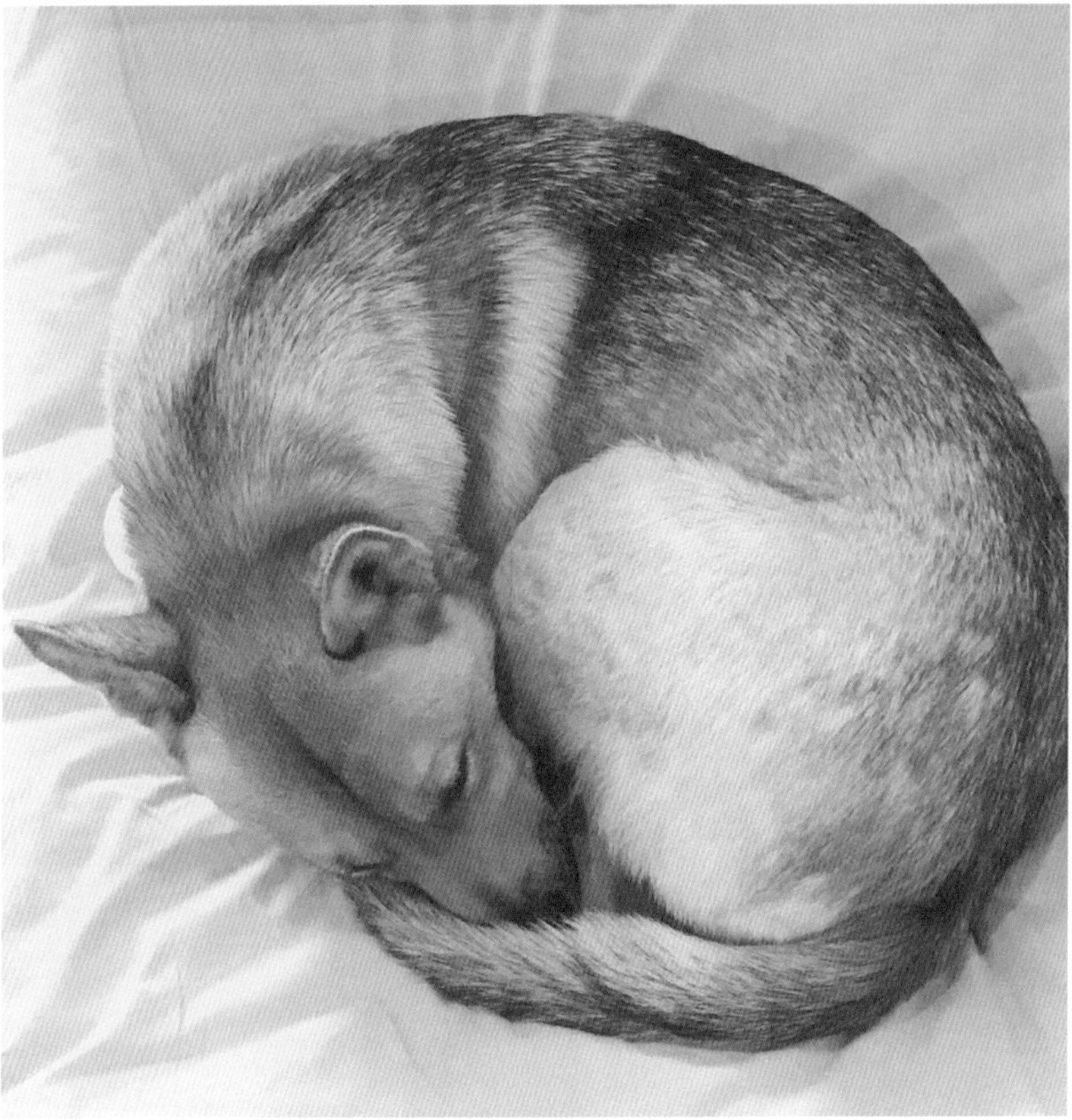

動物のぬくもりに触れるだけで心で感じる「痛み」がやさしく消えていく

保護犬を飼うということ

ざっ、ざっ、ざっ。

落ち葉を踏みしめて公園の外周にある遊歩道を歩く。僕の左側を福が定位置をキープして同じ速度でついてくる。呼吸を合わせながら歩いているとだんだんと目の前のことに集中して余計なことを考えなくなるようだ。またいつもの日常が戻ってきた。

葬儀が終わってしばらくは東京に滞在していた親戚たちもそれぞれの家に戻った。トレーナーの先生の家に数日間預かってもらっていた福も昨日家に帰ってきた。まだ、なんとなく実感がなく、糸の切れた凧のようにふわふわした気持ちの僕が、かろうじて飛んでいかないで済んでいるのはきっと福のおかげだ。泣きたかろうが、叫びたかろうが、こうやって散歩して排泄させて、ごはんを食べさせなければならない。どんなに足が重かろうが一歩ずつ前に運ぶしかないことを教えてくれる。

最後の二週間を薫は緩和病棟で過ごした。入院するとき子ども達にはこれから起こるであろうことをもう一度改めて説明した。そして薫と僕は最後の時間を何事もなかったかのように、いつもと同じように過ごすことにした。病院の前には桜並木で有名な川が流れている。天気の良い日は車椅子を押して並木が見えるところに行って桜が満開になった様子を想像して過ごした。テレビで料理番組を見て「これ今度作ってみたいね」と、もう来ることのない「今度一緒に作るごはん」について話した。

穏やかに、静かに、ただそのときが来るのを待った。

最後の日、薫は感謝の言葉を僕に伝えてくれた。「いままで大切にしてくれてありがとう」と。僕はそのときなんだか照れ臭くて「何言ってるんだよ」なんて返してしまって、今でもひどく後悔している。きちんとお礼を言えなかったことを。感謝の言葉からたぶん1時間もたたないうちに慌ただしく薫は逝ってしまったのだった。

遺影にはみんなで行ったベトナムで撮った写真を選んだ。コンダオ島の白い砂浜に設えられたテーブルに並んだオーガニックな朝ごはんに大満足の表情。まるで魔法にかかったかのように元気だった頃の笑顔が戻っていた。良い顔をしているなあと思って思わずスマホで何枚もシャッターを切ったものだ。

全国からたくさんのお花が届いて我が家のリビングは花に埋もれそうなくらいだった。福は遺影とお骨を飾った祭壇の前に座って過ごしていた。なにかを感じているのか、いないのか。表情が寂しげに見えるけど、よく考えたら福はうちに来たときから、困って悲しい顔をしていたっけ。

僕たち家族はもう一度我が家に笑顔を取り戻すために保護犬を飼うという選択をした。一匹の命を救うことで実は救われたのは僕たち家族だった。福が来てから自然に家族の心がひとつになった。未来への不安も忘れさせてくれた。そしてなによりも、今、この瞬間を生きる！ということを教えてくれる福は先生でもあった。福が来てからの2年間があまりにも濃密だったために、小林家の歴史はほとんどこの期間がすべてかのように塗り替えられてしまった。圧倒的な密度で、「生きる」ということを心に刻みつけた時間だった。

福と出会わなかったら、想像は無意味だけれどときどきふと考える。でも考えてもそんな時間はもはや想像できないくらい、僕ら家族の中で福の存在は圧倒的だ。

取材でたまに「犬を飼って後悔したことはありませんか？」というちょっといじわるな質問を受けることがある。そんなときは決まってこう答える

「後悔したことはもっとはやく保護犬を家族に迎え入れる選択をしなかったことですね」と。

でもこうも思う。僕らにとってはこのタイミングこそがベストだったたと。それよりも早くでも遅くでもなく。あのタイミングに福を授けられたのだ。ときに殺処分の対象にもなる保護犬。人間から邪魔者扱いされるような存在だった福が、僕たち人間に「生きる」ことの素晴らしさをプレゼントするために現れたのではなかろうかと。

ゆっくりと一歩ずつ一歩ずつ噛み締めるように福と歩き続ける。黄色く色づき始めた銀杏の林を抜けると小さな湿地に鳥たちが集まるエリアが見下ろせる高台になる。高台の向こうに見える木々の隙間から差し込む朝日が福を照らすと毛先のひとつひとつが光を放つように輝いた。福はいつも気持ちをリセットするときやるように、ブルブルッと体を震わせた。

おわりに

薫の一周忌法要の日。福井からお呼びした住職さんを駅にお見送りして家に戻ると、子ども達から手招きをされた

「ねえ、ベランダに子猫がいるよ！」

白と黒のはちわれ。生後3ヶ月くらいだろうか？お腹をすかせているのかな？　犬とのことはずいぶんわかるようになったけれど、猫のことはからきしわからない。うーん、とりあえず、ごはんに鰹節をかけて置いておくか…。すると次の日、器はきれいさっぱり空っぽになっていた。翌日、ベランダにやってきた子猫は二匹に増えていた。ちょっと、どういうこと？　兄弟だろうか？その日から毎日器をふたつ並べておくようになった。

いつの間にか二匹の子猫がやってくるのが楽しみになっていた。雨が降って姿が見えないときは心配でずっとベランダを眺めて過ごした。冬になり気温が下がってくると、どこかで凍えていないか？そわそわ気が気じゃなかった。段ボールハウスをつくり電気毛布を入れて監視カメラをセットした。無邪気に遊び、おなかいっぱい食べてくつろぐ姿を飽きることなくながめていた。

知らぬ間に二匹の子猫の存在は、妻を失った僕の喪失感をやさしく癒してくれていた。もしかしたら薫からの命日の記念プレゼントかもしれない。偶然のタイミングにしては出来過ぎだ。そっとベランダの扉をあけて待っているとすぐに二匹は家の中に入ってきた。その日から我が家に新しい家族が増えた。福もとまどいながらではあるがやさしく子猫たちを迎え入れてくれた。気づけばまた小林家に笑顔の日々が戻ってきた。こうして僕と福の日々は続いている。

この本で伝えたかったことのひとつは、保護犬にしろ保護猫にしろ、僕らは彼らを救っているようでその実いつも救われているということだった。ときに癒し、励まし、笑顔のときも涙のときもそばに寄り添ってくれる。そして僕たち家族がそうだったように奇跡みたいな時間をプレゼントしてくれるのだ。

こんなすばらしい隣人・友人たちのためになにかできることはないか？　薫が旅立った後、そんな気持ちでずっと過ごしてきた。本書に出てくる友人たちと一緒に保護犬、保護猫に関わる本を出版したり、イベントを開催したり。ささやかだけど小さな一歩を踏み出すことができた。本書の印税もぜひ保護犬・保護猫たちのために使いたいと思っています。

最後になりましたが、実績もない著者の僕に早い段階で声をかけてくださり、辛抱強く原稿が上がるのをまってくださった風鳴舎の青田恵さん、天然生活立ち上げ時から素敵なデザインで僕の仕事を助けてくださるデザイナーの渡辺克子(knoma)さん。いつもかわいいイラストで僕の小さな活動に協力してくださっているイラストレーターの山下さやこさんに心から感謝いたします。また、この本にも登場するたくさんの友人の皆様。いつもインスタグラムの投稿にいいねを押してくださる奇特なファンの皆様。あなたがたの支えがなければ今の私たち家族はありませんでした。

また、親愛なる家族、ずっとそばで僕たちを見守ってくれている犬の福、猫のとも、もえに感謝とちゅーるを送ります。

本当にありがとうございました。

犬と猫といつ完成するかわからないリフォーム中の自宅にて

小林孝延

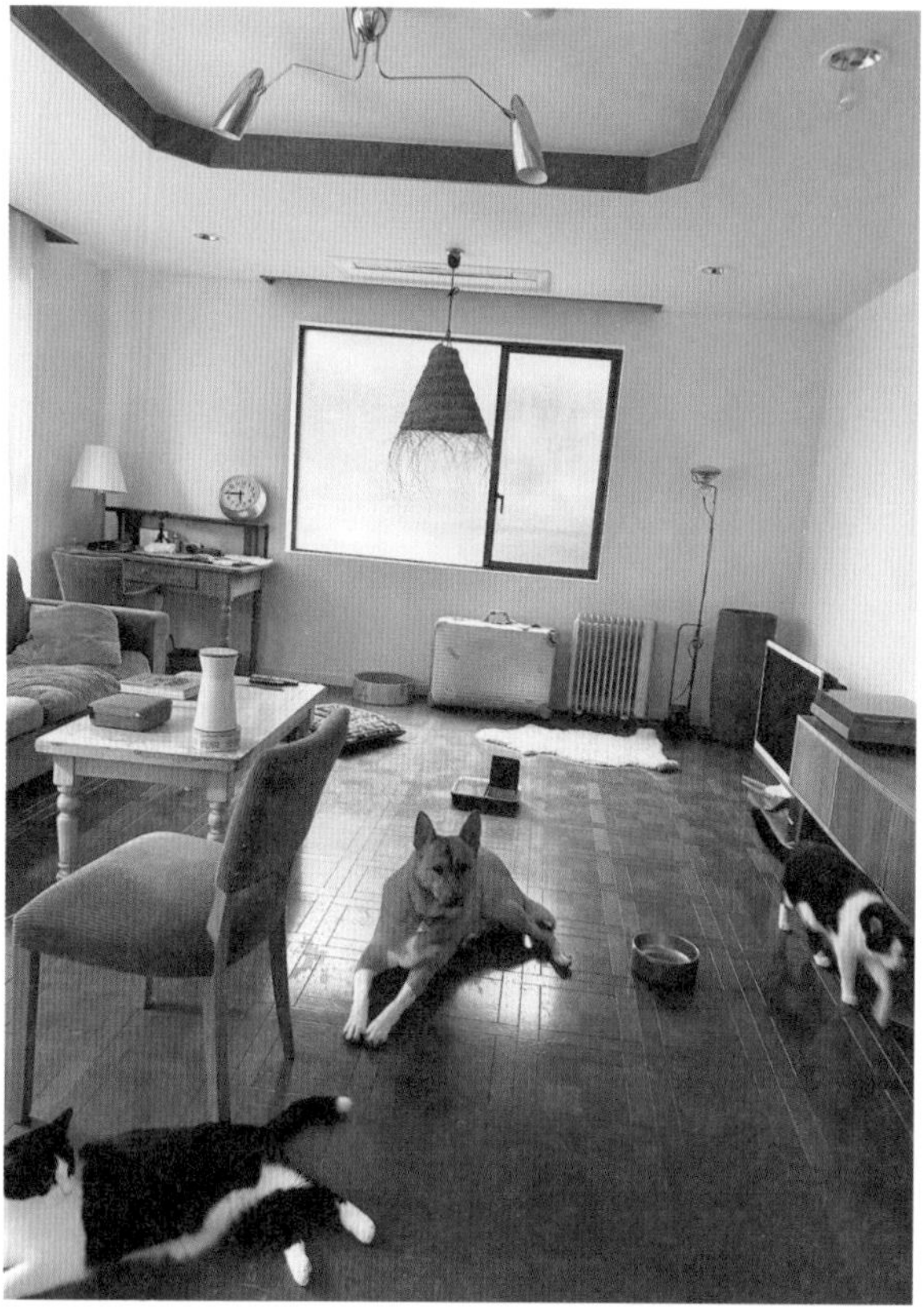

小林孝延（こばやし たかのぶ）

1967年福井県出身。編集者。月刊誌ESSE、天然生活ほか料理と暮らしをテーマにした雑誌の編集長を歴任。女優石田ゆり子の著作『ハニオ日記』を編集。プロデュースした料理や暮らし周りの書籍は「料理レシピ本大賞」で入賞・部門賞などを多数獲得している。2016年からは自身のインスタグラム@takanobu_kobaにて保護犬、保護猫にまつわる投稿をスタート。なかなか人馴れしない保護犬福と闘病する妻そして家族との絆を記した投稿が話題となりテレビ、ラジオほか多数のメディアで取り上げられる。連載「とーさんの保護犬日記」(朝日新聞SIPPO)、「犬と猫と僕（人間）の徒然なる日常」(福井新聞fu)ほか。料理研究家の桑原奈津子、なかしましほ、イラストレーターの平澤まりこと共にムック『保護犬と暮らすということ』(扶桑社）シリーズもリリースした。（敬称略）

Special Thanks：石田ゆり子、雅姫（敬称略）

装丁・紙面デザイン：knoma
装丁イラスト：山下さやこ
ブランディング：黒岩靖基
販売促進：恒川芳久、吉岡なみ子、高浜伊織
編集：平川麻希

妻が余命宣告されたとき、
僕は保護犬を飼うことにした

2023年10月7日　初版 第1刷発行
2023年11月26日　初版 第6刷発行

著　者　小林孝延
発行者　青田恵
発行所　株式会社風鳴舎
〒170-0005 豊島区南大塚2-38-1 MID POINT 6F
（電話03-5963-5266/FAX03-5963-5267）

印刷・製本　株式会社シナノ

　ISBN978-4-907537-46-3　C0093　Printed in Japan